野半島

鍾怡雯・

目次

輯一

我們的問題

輯二

在那遙遠的地方

輯三

那些曾經存在的

攝于一九七二年
陽曆二月十六日
農曆正月初二日·
美羅沙龍攝影
泉興、儀雯
視蓮 儀秋

北緯五度（代序）

鍾怡雯

1

我從沒算過命。從前系裡一位同事擅長紫微斗數，家傳三代的算命之術具有精準的爆破力道，那神準和幽微，給算過命的人巨大的衝擊。命運被破解、個性被摸透當然令人震撼，那是老天掐在手心的祕密。人，而且是關係那麼遙遠的人，怎麼憑一張圖就能探得自己的天命？我的同事是好好先生，只要有空，來者不拒。他算過許多學生和同事，獨獨拒絕我。妳不用。我不死心，為什麼為什麼的老是逼問。直到這位聰明的好好先生離職，我始終沒得到正式答案。他總是用各種理由推搪。他不算我的命，而且不肯給理由。我對算命其實沒那麼強烈的好奇，倒是對不算我的命這事很感興趣。為什麼？

那是八年前，他還沒離職。現在即使他主動開口，我也不想。這幾年來，我看到命運一點一點現形，失眠的時候，跟家人講電話的時候，處理事情的方式和情緒反應，諸如此類，點點滴滴。現形的命運跟自由有莫大關係。是的，是自由決定了我的命運。決定了，現在的我。我不需要算命，我的命運不要在他人之口說出，我要它在我的眼底現形。

高中時離家半年，因為受不了家的管束，受不了油棕園把我當犯人一樣囚禁在無邊無際的綠海，受不了溺斃和窒息之感，遂成為逃家的人。父親在家族裡找不到前例，找不到應對的方式，他最恐懼的，大概是不知道如何給他父親，我的祖父一個合理的交代。說到底，傳統華人家庭長大的男人對叛逆女兒無法可施。女兒竟然這麼難搞，尤其是大姊做的壞榜樣，底下那五個妹妹是要怎麼教？唯一的兒子怎麼辦？

當初我的反抗其實很單純，我嚮往油棕園以外的世界。我不要被綁在家裡。

父親不理解他這輩子的痛苦來自祖父有效的教導，聽從，順服，鍾家斯巴達式的家規。祖父的痛苦來自曾祖母的遺傳，如果我當乖女兒，那麼，我的下場就跟父親一樣：他嚮往自由，卻聽從順服祖父，遺傳曾祖母的瘋狂和極端，這些條件的組合成為父親的宿命。唯一一次的叛逆，是離開錫礦湖離開老家南下自立門戶。祖父罵了幾個月，說他沒出息，比不上坐寫字樓的大姑丈，也不如當警察的二姑丈。做粗工哪裡做不都一樣？跑大老遠幹麼？

那年父親二十九歲，祖父藉酒罵人，酒後瘋言其實是內心話，他打從心裡覺得這唯一的兒子沒讀到書沒路用。父親離家是忤逆他。母親為此很不諒解祖父，他看不起妳爸，看死他一輩子不會賺錢，妳大姑丈坐 office 毋使晒太陽，二姑丈做馬打（警察）威水，轉來就買洋酒給他喝，妳爸沒鐳。哪有阿爸看不起自己仔喔！祖父早就返唐山跟列祖列宗團聚去了，母親說起來還是怒氣沖沖。

父親的自由意志可以伸展的空間那麼小，因為他沒讀到書，因為祖父要一個孫子。父親也想要吧，基於養兒防老的安全感，或者無後為大的老觀念。身為獨子的他連生六個女兒還有勇氣再賭一個兒子，以他的薪水和能力，七個小孩實在超出太多太多。我的農曆生日隔天，小弟出生當晚，從醫院回來的父親開懷痛飲。他舉起啤酒杯跟來賀喜的鄰居說，等了十二年，這個兒子。到底在慶幸喜獲姍姍來遲的麟兒，還是如釋重負，冷眼旁觀的我很想知道。

反正，應該，不會再有小孩在我們家出生了吧？其實我有點不確定，很怕有賭博紀錄的父親把賭性用在生兒子上，再兩年又妄想多賭出個兒子。那時候我十四歲讀初二了，還有小嬰兒出生可真的冇眼睇。那些八卦鄰居的嘲笑和嘴臉我真是受夠了。還好沒有。母親生小孩生怕了，何況她的身體狀況不允許。整個華人社會都要男生，難道沒女人男人們自個兒能繁殖嗎？堂嬸連生七個女兒，生到後來簡直把產房哭翻。馬來助產婆很疑惑，我們馬來人很喜歡女兒的，多生幾個可以陪父母，兒子整天往外跑，有什麼好？

就是不好。從母親和堂嬸的激烈反應就知道。當年生在鍾家的女兒，尤其不好。

2

從小我就喜歡往外跑，從新村、小島到油棕園，外面的世界永遠比較美。母親說我是野鬼。豈止，我還是孤魂哩，非常喜歡獨處。馬來助產婆說的話不準，女兒也有像我這種愛冶遊的。我筷子握得高，快握到尾端去了，預言日後的遠走高飛。母親說女兒早晚要嫁，反正不住家裡，嫁遠嫁近沒差。筷子握高握低她不在意。高中沒念完我就想離家，跟父親激烈爭吵後把話說絕了，雙方都沒留餘地和退路，不得不走。

還好有那次的重要經驗做指標。離家的好處是，距離產生美感，跟父親沒有短刀相接，再見面時雙方都收斂客氣許多。短暫的離家經驗讓我打定主意，高中畢業之後，無論如何，不管三七二十一，我要走遠。最先想去倫敦。家裡沒人贊成，祖父知道我要喝洋水很光火，罵得昏天暗地。妹仔早晚要嫁人，讀那麼多書做什麼。沒頭腦呀妳，去做工搵點錢，幫吓妳爸養幾個弟妹。罵完我訓父親，祖母沒有例外也被颱風尾掃到。祖父才是一家之主，他是太上皇。

只好作罷。當時連我都不相信倫敦去得成，那麼貴那麼遠，比夢還飄渺。那麼，臺灣總可以吧！機票錢不多，我自己打工就有了。只買單程，我硬下心腸，打定主意沒錢回家就飄泊異鄉，沒什麼大不了的。父親希望每一個女兒都獨立自主，我們家姊妹從國小就會自己跑銀行，開戶存款或領錢，管理自己的獎學金或紅包。國小三年級我跟妹妹三人坐火車去新加坡找三姑，住了快一個月再安全回到油棕園。六年級再跟兩個妹妹坐八、九個小時的火車北返萬嶺老家看祖母，連祖母都說，妳爸這麼放心啊？小人走按遠他都不怕？大妹國中畢業跟三個同學自助環島旅行，用少少的錢走遠遠的路，父親二話不說就放行。他對小弟比較有意見。女兒當兒子養，兒子當女兒管，不知道小弟有什麼感想？

從小出慣遠門，我不在乎走得更遠。當時對臺灣一無所知，一心一意想離家，如果有人提供免費機票，非洲我也去。我的成績文商組全馬排第八，第一志願填下有公費可領的「吃飯大學」，省吃儉用應該不愁生活。很多年後妹妹才透露，當年我偷偷出國，不知情的祖父把父親罵得慘死。妳爸每天唉長唉短，妳媽也是，妳妹妹快煩死了。小妹提到這事，邊說邊嘆氣，當時她才小學三年級。阿姊妳不記得囉？那天妳要走，只有媽跟我坐 bus 把妳送到火車站。妳提一個很大很大的皮箱上火車，都沒有跟我們揮手，好像不想回來了。

我不記得。為何小妹記憶如此深刻？為什麼我偏偏忘記離家細節遺失關鍵時刻？我只記得在新加坡樟宜機場上機，那個大皮箱如何提上公車，再坐火車，過新柔長堤，我又是怎麼一個人把它拖到樟宜機場的，這些那些，竟然徹底在我記憶消失。看起來像刻意遺忘。我要再多一點細節。小妹很訝異反問，真的假的，妳一點都不記得？

可見我有多麼想離家。老天爺也希望我走。出國前從沒中過彩票的父親中了馬幣五千元，他給我三千，那是我高中畢業之後，唯一一次伸手要錢。為了自由。父親不知道那三千元對我的象徵意義，那是自由的本錢，日後他跟女兒得以彌補裂縫的代價。若非遠走，我們的摩擦大概會讓彼此體無完膚，老在淌血的傷口會流膿出水，新傷舊傷反反覆覆永遠好不了。最後，成為殘疾。

幸好。

父親把一疊沉沉的馬幣放到我手上的鏡頭，多麼歷史性。我凝視，我低頭，對命運合十。

3

時間和空間拉開距離。因為離開，才得以看清自身的位置，在另一個島，凝視我的半島，凝視家人在我生命的位置。疏離對創作者是好的，疏離是創作的必要條件，從前在馬來西亞視為理所當然的，那語言和人種混雜的世界，此刻都打上層疊的暗影，產生象徵的意義。那個世界自有一種未被馴服的野氣。當我在這個島凝望三千里外的半島，從此刻回首過去，那空間和地理在時間的幽黯長廊裡發生了變化。鏡頭一個接一個在我眼前跑過，我捕捉，我書寫，很怕它們跑遠消失。我終於明白，為何沈從文要離開湘西鳳凰，才能寫他的從文自傳。

有時我只看到時間的摺痕，在摺痕裡看見難以改變的宿命，來自遺傳和血緣。譬如頭瘋，看見了也無濟於事。我們家代代皆有gila之人，馬來文gila指瘋子。瘋狂的基因是鍾家的遺傳，從廣東南來的曾祖母吸鴉片屎，她本來就個性古怪，祖父和父親都得她幾分真傳；我的表叔從青年起便關在「紅毛丹」（瘋人院）關到現在，上回出來後把他老爸鋤死，沒人敢拿自己的命開玩笑再放他出來；三姑在我小學時住過精神療養院。大姑的獨生子，我那長得像混血兒的萬人迷表弟，二十歲出頭便進了精神療養院，十幾年了時好時壞，大姑心疼唯一的兒子，千里迢迢把他送到澳洲醫治。兒子的病沒好轉，反倒是她在六十二歲之齡得了憂鬱症。二姑就更別說了，一家四口簡直被下降頭一般。她三十歲左右出車禍之後精神狀況不穩定，五十歲鬱鬱而終。如今她的兒子也是，唉！

這種隱形的威脅讓人很沒安全感。生命的陰影無所不在，即使逃到天涯海角。我恐懼，可是我得克服它。野大的生命，老大的特質。以前村裡的混混每回跟人吵架吵輸拉不下臉便說，爛命一條，嚡啊？有時我也用這種語氣，你給我試試看？很賭爛。

可是面對時間，賭爛無用。前年我回油棕園和萬嶺新村去，白頭宮女的心情。所有的物都抹上時間的光暈。房子老了，椰子樹、紅毛丹、芒果、酸仔還在，連油棕樹上的蕨類都變少。樹木亦有暮年之人的形色，像祖父祖母大去前那種缺乏潤澤的枯竭之感，我因此知道生命會變輕靈魂會變薄，為了死後便於遊蕩的緣故。

過往之物是時間的廢墟。

油棕園那條唯一的對外道路還是黃泥路，文明的風暴沒有掃進這裡，也沒有掃進萬嶺新村，相反的，它們跟時間背道而馳，一種被遺棄的落後和老舊。萬嶺新村甚至連火車站都拆掉了，因為錫礦開採完畢，村民失去生存的依靠，遂成為跟我一樣的離鄉之人。再沒有誰需要坐火車返家了。

過往的世界遺棄了我，我卻在文字裡重新拾起。World lost, words found，《作家身影》片頭說的。那天離開油棕園時，依然是我極為厭惡的久未下雨的場景，黃塵滾滾。父親的車快速駛離，我的腦海忽然出現一段久違的旋律，當年校車的馬來司機最愛播的 Take me home, Country Road。歌詞裡的 Virginia 州在哪我不知道，最遠的外國我只到過新加坡。我用油棕園那條水牛洗澡的溪水想像歌手吐出的Shenandoah River，同時聯想起音樂課唱的印尼民謠Bengawan Solo，那梭羅河長什麼樣有沒有兩點麻雀？清晨昏暗天色裡，聽那充滿時間質感的滄桑男聲在唱：dark and dusty, painted on the sky/misty taste of moonshine, teardrop in my eye，看不見的未來哪。遂有一點欲淚的悲涼。

此刻，我的未來已經慢慢成形，我無淚，反而悠悠的想起另外一段歌詞：

I hear her voice in the morning hours she calls me
Radio reminds me of my home far away
And driving down the road I get a feeling
That I should've been home yesterday

彷彿，才昨天，還在北緯五度。

二〇〇七年七月六日寫於中壢

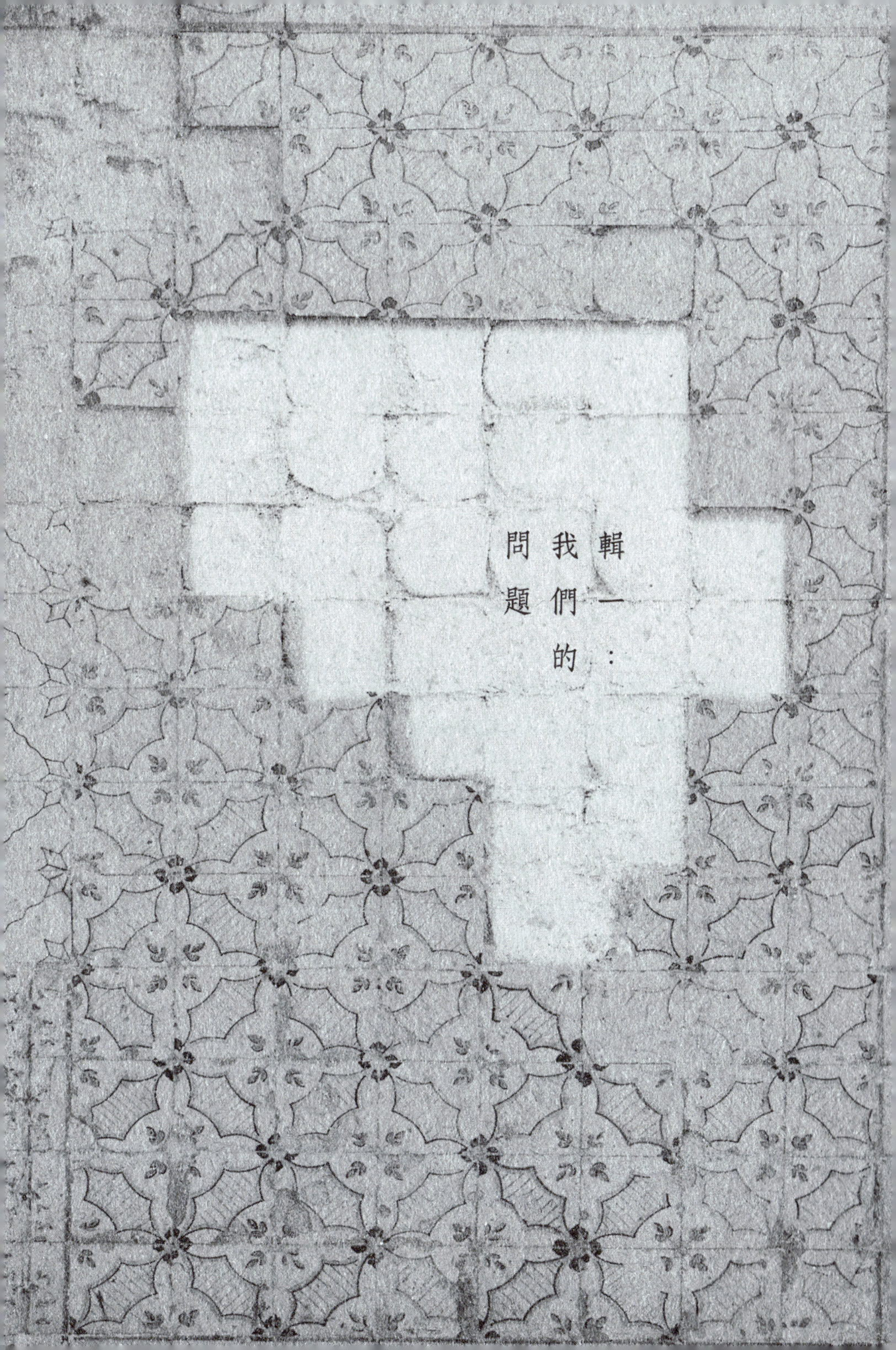

輯一：我們的問題

早逝的二姑、我和父親心愛的紅色野狼。

失明的祖母抱著我，在萬嶺新村的老祖屋。

（從左到右）二姑、祖母、母親。這間房子是茅草屋。

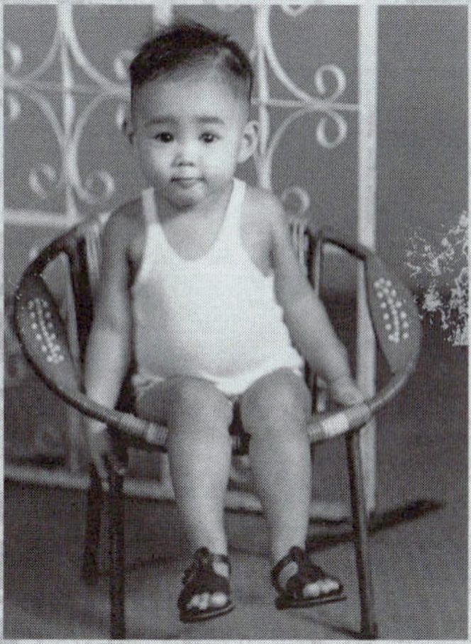

偽裝成小男生的小女生。

雌雄莫辨。

野女孩的架勢，攝於萬嶺新村，三歲生日前。

我們的問題

最近常常凌晨四點多醒來。醒了，便再也無法入睡，雖然身體靜止，睡姿持續，意識卻開始往外攀沿。父親這時候也該起床了吧！多半也是渴望入睡而不得，跟我一樣。想到父親，忍不住嘆口氣。這下完全清醒了，只好掀開被子，跟床告別。在兩個島上，我和父親各自開始一天的作息。

我得父親神經質且不易沉睡的遺傳，辛苦入睡了仍離不開顛倒夢想，睡著和醒著沒什麼兩樣。於是每隔一段時間總要想辦法抽離日常生活到國外去，享受身為「人」該有的基本權利。絕不能返馬。回家情況更糟，只能在全然陌生的環境中忘了我是誰，行旅中就只吃、睡和亂走三件事，如此不用大腦的把生物本能喚回，於是上車睡、走累就在路邊睡、碰到床更是不省人事。睡醒那刻，偶爾會閃過「不知道父親旅行能不能睡好」的想法，有點於心不安。

父親早已讓日常生活馴化得服服貼貼。從小到大被睡眠不足折騰，他習慣了也很認命，不像我那麼計較這應得的天賦人權，而且奢侈地專門飛到國外去睡。父親是那種凡事太過認真的人，從他對旅行的態度就知道。出國增長見聞這種小學生才相信的說法，父親可是深信不疑。前兩年他跟母親以及兩個妹妹結伴遊北京，至今仍然對這古都讚不絕口，老說有機會要重遊。北京，不得了，那些古蹟呀，看都看不完，腳下到處是歷史，走得腿都快斷啦都還沒走完，真是可惜。小妹說他明明就累得走不動，還硬撐。妳爸就是咁啦，妳不了解他嗎？無可奈何時小妹就會使用這種調侃語氣，她也說過「妳弟弟」、「妳媽」等與她無關的措辭，令人哭笑不得。父親去年到上海，回來後只淡淡地說，早知道，再去一次北京。

難怪父親睡不好。

母親說父親小時候書沒讀好，是因為睡不好，又貪玩。精神都玩完了，冇精神，讀什麼書？聽到先生的聲音頭就點，上課不是睡覺就是被先生打，讀到中二就不想去了。聽起來好像父親沒讀書命。從祖母那裡，我得到另一種令人心酸的說法。

沒得睡呀，讀小學就同我去割膠，收膠後趕去上學，手還糊滿膠屎來不及拔，哪有精神讀書？睡沒幾個鐘頭就起身，妳大姑騎一輛腳（踏）車，我後面載妳爸，才三四點鐘，天還烏烏的。割沒幾個鐳（錢）苦得要死，都是妳阿公。老不死真真沒用，沒鐳拿轉來，我這一生人就是沒看對人才盲眼的。祖母一扯到祖父，我就知道該打岔了。

原來，父親打從開始握筆，就開始拿膠刀。他的膠刀拿得比筆穩，割膠的技巧比寫字的技巧高，因為他的精神和體力主要用來割膠，填飽肚子到底比讀書重要啊。父親的睡眠和學歷之間的曲折關係，我想知道的祕密。我不敢問父親，更沒膽問祖父，只好在祖母和母親之間反覆探問。我認識的父親語言能力強，中英文讀寫都好，寫得一手工整乾淨的字，客家、廣東、福建話很溜。由此反推，他應該是個很愛讀書的小孩。他的童年和中年之間，究竟發生了什麼事？

彷彿有模糊的印象，父親輪夜班回來睡兩三個小時便匆匆出門。有一段時間他曾開計程車賺外快，下午則紅著雙眼讀英文文法，寫英文作文，再紅著眼睛去上夜班，帶著作文在工作空檔的時候改。周日的時候給他的印度老師，也是我的印度老師過目。彷彿他曾經問過我文法，非常認真做筆記。彷彿，我曾經想問。終於沒開口。我怕問出讓我不知所措的答案。

必然有不為人知的心酸。必然跟生活、跟我們有關。若非一群像階梯的小孩，他大概不必老掛著一張欠睡的灰濛濛的臉。以前我總以為那是油棕園的灰塵太厲害，開始失眠之後，我終於瞭然，喔，原來如此。

父親脫離日夜顛倒的輪班日子多年，他的睡眠狀態卻始終沒好轉，而我則時好時壞。失眠時邊怪遺傳，邊覺得與父親同在；睡飽時便想，要是父親能夠放下一切，渾然忘我的飽睡一頓，該多好。

他以為他是一首詩

跳過父親在家的時間給母親打電話總有些心虛，於是每隔四到五次，我便得跟父親聲氣相通。跟父親說話很有壓力，他老是話中有話，不像母親直來直往。有時他的氣搭聲音的順風車過來，聲氣相通的結果是不歡而散。父親看不到我臉上滿是懊惱，當然更不知道每回收線之後，女兒陷在語言的泥沼裡，反覆尋找剛才那通電話裡的象徵和隱喻。

這樣說話實在累。父親經常話講一半，要不然就把想頭收心裡，表面上聲東擊西。譬如他問，什麼時候回來？嗯了半晌，我給個不太確定的日期。他立刻說，忙就先別回來，冇相干啦！明快，無所謂的語氣。既然他說冇相干（不要緊），理所當然的我信以為真，拖過暑假匆匆開學。這事沒在我心上留痕。

某次跟母親聊天，她忽然岔開心花怒放的正題，收起開心的聲音說，別怪妳爸，那個人的死脾氣就是這樣。她常稱父親「那個人」，聽起來像路人甲路人乙，跟她跟我都沒關係，這樣她好公正論斷對錯，給父女二人解冤解結。

母親急轉直下的語氣讓我一頭霧水，問原因，母親沒聽對，自顧自講起「古仔」。古仔在客家話裡指故事，母親的故事是「從前」發生在我們家的真人真事，絕無杜撰。只讀到國小三年級，她從沒弄清楚過白雪公主和灰姑娘的差別，一律稱之為「公仔」（漫畫人物）。long long ago，或者「很久很久以前」這類童話開頭，從來不曾出自母親的口。

這次她講的是父親的古仔。我盯著電話液晶螢幕上的通話時數，愈聽愈迷糊。「那個人」的從前，跟母親剛才的開場白有什麼關聯嘛？

所以呀！妳要抽空回來。

終於。

我努力還原那次對話的每一個小細節，情境和語氣有些模糊，只記得父親分明說「冇相干」。到底我哪裡招惹他了？父親的情緒顯然影響到母親。只好打給小妹。我準備開會，去問二姊。小妹收線收得乾脆俐落。她在銀行工作，對錢特有概念，大概體諒我還得再講一通頗長的越洋電話。這就是姊妹多的壞處。放下電話我多心的想，小妹該不會覺得這是燙手山芋，所以丟給大妹處理？揉揉耳朵，伸展一下久握電話的手。講電話之前它敲了兩個小時的鍵盤，現在我的太陽穴跟手一起隱隱作痛。

事情講明之後，我一時啞口。原來父親偶然讀到我寫的〈回家的理由〉，突然了解女兒並沒有他想像中的忙，不回家的理由純粹是「不想回家」。日思夜想的結果，他歸咎於自己難搞的個性讓女兒視回家為畏途，於是不快的陳年舊事重新又在他腦海浮沉。他對母親發飆，又對幾個妹妹訴苦。都是妳的筆闖禍。大妹的結論像告誡，她的臉一定很黑。

我跌坐在椅子上許久，被那種非溝通狀態弄得很疲憊。怎麼會這麼曲折，這麼意在言外？原來，父親以為自己是一首詩，一首晦澀難懂、充滿象徵和隱喻的現代詩。現在我才懂，我得拿讀詩的方法去讀他。

無所謂

當父母親以沉默面對生活的責難時，我隨即也摸索出應付世界的態度。聳聳肩，頭一撇，流氓似的抿嘴，一個字一個字慢慢的告訴自己，無，所，謂。無所謂。多說幾次，經過許多次練習和實踐，彷彿就真的把不快化成渺茫輕煙，變成樹梢微風，三兩下便消散無影，啊，果然無所謂了，陽光穿透烏雲，散下神的光束，有鳥鳴如歌。

剛開始，事情沒那麼順利，嘴上說了，心裡還是很不痛快。無所謂可真是艱難的修行啊。就這點而言，我實在是不討人愛的早熟小孩，內心像個黑色泥沼，盡是些漿糊泥巴和細菌，醱酵出來的鬼主意怪念頭說出來準教大人嚇一跳。好在我們從來不聊內心世界，他們被生活磨得疲憊不堪，沒多餘時間管我們的內心是髒臭泥沼抑或明淨水塘。這樣也好，我討厭約束，熱愛自由。

記得有一次闔家出門，父親開車到B芭找朋友。那時我們已經到了尷尬年紀，不太樂意跟大人出門，卻又不敢忤逆。二來實在也厭倦別人總是重複「你女兒真多」的那套老話，以及父母親很無可奈何的苦笑和笨拙應對。開始看什麼都不順眼，尤其討厭剛認識的大人談「女兒」。你女兒真多。父親笑了一下。很少人生這麼多女兒的。是嗎？父親又牽動嘴角。聽起來嘲諷做父母的，又嘲笑做女兒的。那「生」字尤其讓人不舒服。話裡帶刺欸，父母親怎麼可以不動氣不反駁？我詛咒那沒口德之人起碼一百次了。黑色泥沼。怨力。

父親是工作狂，沒上班的日子百無聊賴，他堅持出門。假日出去走走吧！順便去收錢，不要拖著。父親強調，大概是嘉應會館或客屬公會樂捐什麼的，他是總務或財政吧，不討好的苦差。我實在不了解父親，沉重的家計不嫌累嗎？這種義務性的差事貼錢都沒人要幹，他卻老好人一個單獨攬下。母親有時虧他，有時間不會睡覺呀，去收錢，人家有補貼你車油嗎？

總而言之，就是非出門不可。我不敢不去。折衷之法是，去，但是不下車。

父母親跟妹妹很快就回來了。很大的甩門聲，砰！車還沒發動，火山爆發，車內盡是滾燙的岩漿。妳們三個在車裡躲躲藏藏做什麼？人家說你女兒那麼怕醜看到人就埋下身。見不得人出不了世面以後別跟我出門，駝衰人。心臟噗噗噗跳得很厲害，不是害怕，是怒極攻心。黑色泥沼就快潑到父親臉上了。完全不是那樣，完全不是。我反駁了很多遍，在心裡。

多事多嘴之人，父親，這世界。唉！

然後是母親。回到家再度被訓。聲音很低，被壓抑的怒氣密度大得有點可怕，鑊鏟敲出鏗鏘的炒菜聲。火候一定很夠，這蝦醬空心菜。我盯著母親快速揮舞的手，漸漸聽不到她的話，《苦女流浪記》的文字在腦海轉換成畫面。

無父無母的苦女覓得無人之島，島上有荒廢空屋一間。白日她在工廠謀食，剩下的時間便自囚於小島，甚至把木板橋抽掉，徹底切斷跟外界的溝通，以竹竿撐著跳越小河。那與世隔絕的決心啊那自由，讓我無限嚮往。

這本書是某一年回新村老家，在舊櫃子翻到的。那時大概小三吧，三姑的書。沒有封面，內頁泛黃且紙質近於脆裂，我把許多細節記熟，以畫面儲存，時時翻閱。那島那屋，那無牽絆無約束。有了與世隔絕，再苦的生活都無所謂。我有祕密基地可以躲喔！快樂的苦女笑著說。安靜的夜晚，雨打香蕉打在椰子葉上，貓臥於腳邊。我在床上複習那畫面，在小島邊緣入夢。

現實裡沒有小島可居，只有無所謂。當我說了千百次的無所謂之後，那島的烏托邦，彷彿就存在了。至於它要不要在現實裡成形，嗯，說實話，無所謂了。

什麼都不說

從小挨罵慣了，對大人發脾氣沒特別感覺。也不怕打，因為挨打之前大多心裡有數，玩過頭了嘛，明知故犯，沒吃藤條才怪。打罵孩子是為人父母的權利，某些時候，也是責任和義務。所以，從前的父母比較幸福。他們宣洩怒氣的方式直截了當，肝氣暢通不鬱抑，很少得憂鬱症。當左鄰右舍的父母一族叫囂著我打死你打死你看你死去哪裡，我們對那排山倒海的怒吼報以嘻嘻一笑，很沒同情心的猜測，是哪個倒楣鬼出門沒燒香，讓衰鬼跟回家才沒飯吃，得吃那頓痛入心肝的「指天椒炒麵」。炒麵，被藤條打之意；加指天椒是勁辣版，打過必留痕，有時還能從紅紫色的藤條痕看出流霞之美。

指天椒炒麵夠犀利了，但畢竟屬於爆發性痛楚。慘烈是慘烈，皮肉之痛而已。

我的父母親有一招更厲害的撒手鐧，不痛不癢，卻比指天椒炒麵的影響深沉久遠，像是一種代謝不掉的頑強藥劑，沉積在血液裡，回收成為生命的一部分。我每回要形象化那種抽象感覺，總會現出黯夜場景，打開的門縫劈出一角刺眼的光，一張無光無五官的臉轉過頭，背光的身影顯得異常憂傷。無言以對的憂傷。有時是大片烏雲罩頂，走到哪跟到哪，甩不開躲不掉，成為生命永恆的背景，別人看不到，可是你很清楚感受到沒有陽光的陰鬱，生命無論如何都開朗不了。我從來沒仔細分析過這兩個畫面的心理意涵，太複雜太傷神了。即使得出結果，除了無言以對，還能怎樣？

那具有撒手鐧效果的強力懲罰，叫沉默。指天椒炒麵和沉默的差別，就像長瘡跟長癌。外表和內在，短痛和長痛。現在我懂得比喻，才說得清它們的差別。唉，沉默。

沉默以對。有時只是搖頭，嘆氣，看起來什麼都沒發生。多半是父親，這是我一生的陰影。離島時期，父親話最少，氣嘆得最多，我隱約感覺到生活的艱難。大人的沉默讓我快速長大，還不到七歲呢，開始跟童年漸行漸遠。母親不太打人了，在那原始的荒島上。每回父母親關在房裡刻意壓低聲音交談，我便知道將有一個低氣壓的夜晚，窗外猖狂敲窗的海風，是夜晚起伏的內心。

沉默會改變空氣的密度，讓人如臨大敵，我們盡量避免行走和說話，連呼吸都很輕。打個噴嚏都可能驚起駭浪的，沉默之夜。畫圖的就專心畫圖，玩公仔的乖乖玩公仔，大家看來若無其事。我悄悄跨過童年的柵欄，在那遙遠的海角。

那一年離島生活送給父親兩樣禮物。搖頭，和嘆氣。當他獨處，或者吃飯，搖頭和嘆氣成為他無法控制的，對生活的責難，也是對我們的責難。這輩子，我們欠他一個快樂不起來的人生。也許是我們什麼地方沒做對沒做好，或者不符合他心意。這種情況常有。事情沒到當面發脾氣的程度，他便埋在心裡，吃飯或獨處時拿出來想一遍。又一遍。冗長的沉默。

開飯沒多久，搖頭。母親跟我使眼色。再一會兒，那嘆了幾十年的長氣竄出來了。唉。深沉的，發自內心的感嘆。母親忍不住笑了。母親年紀愈大愈愛笑，老小孩的樂天個性。喂，喂，你想什麼？她叫父親「喂」，沒名沒姓，發語詞成為專有名詞。父親的沉思被打斷，笑一笑，還沒從烏雲或黑暗抽身的樣子。

於是那兩個畫面就出現了，在我腦海。我掉入父親的沉默裡，被烏雲罩頂，黑暗圍身。父親不可能再給我指天椒炒麵了。我們已經被時間遺棄，回不到很久的從前。

他只剩下沉默。我，我只好無言以對。

逃亡者

我避開辦喪事的地點，繞了遠路回家。只要遠遠望見占去半條路的塑膠棚攔在前方，當機立斷，我會想辦法不經過它，抄很遠的，甚至陌生的路。有時候，甚至還弄不清楚辦的是喜事或喪事。我繞過的究竟是別人的喪禮或者自己的恐懼？管他的，走開再說。

沒用的傢伙。膽小鬼，你怕什麼？

說實話，我給不出理由。從小就怕，第一次被嚇的遙遠經驗變成永恆的陰影，第二第三次之後，恐懼逐漸形成禁忌。我想克服它，卻始終沒辦法，只好暫時逃避。如今回想，我怕的也許不是死亡本身，而是死亡的形式。棺木、壽衣、道士、誦經，號哭的人，肅殺的氣氛，喪事的種種傳說。它們是死亡的多餘裝飾，更像怪異的香水，在乾淨的死亡灑上陰森難聞的氣息。

我最怕棺木。第一次見到那陰森的方形箱子，大概四或五歲，斜後面那家的曾祖母過世。她很老，卻很小，每天陷在家門口的藤椅裡靜靜的看人。老人的臉很皺很黑，穿深色斜襟上衣，寬大的黑褲管下瘦瘦的兩隻腳懸著。沒牙的緣故，唇因此整個往內縮，看上去似乎沒有嘴唇，只有一線陰影在鼻子下方。那戶人家是往來街場的必經之地，買麵買零食買雜貨，一天要經過好幾回，總是怯生生地，我努力避開她的視線，避開那團看不見的籠罩著老人的巨大陰影。不知道為什麼，我怕她。有時往我家側門一站，遠遠的就能看到標本老人像死了一樣的活著。

有一天老人忽然沒了。清早我幫祖母買乾撈麵，赫然發現老人坐的位置橫著魁梧壯碩的黃褐色大木箱，突兀而俗麗的亮漆在晨光中如此刺眼，想要掩飾什麼最終卻弄巧成拙，分明過亮的漆色卻陰慘慘地，讓人非常不舒服。我硬著頭皮經過，一個念頭閃了閃，那麼小的人要那麼大的棺材做什麼？

接下來的幾晚我被巨大的誦經聲嚇得失眠。誦經的音調和喧囂的樂音令人焦慮，我試圖聽清楚吟誦的內容，卻一字不辨。有時突如其來飆幾個高音，似在召喚。掩住耳朵，卻無論如何躲不掉那無孔不入的唱腔。我的靈魂彷彿被提到一個多風的曠野，古怪的風聲在嗚咽，我垂頭閉目，不敢睜眼看那被黑色和死亡侵占的世界，狗螺，似乎從來沒有這麼熱鬧過。

其實並不黑。夜晚那戶人家燈火通明。亮光打在樹葉上再斜斜貼在窗戶，跳呀跳的鬼影起舞一般。平常一起玩的三姊弟湮沒在披麻帶孝的齊一隊伍中，不知道為什麼，我非常想看清楚他們的表情。鄰居們都去參加喪禮，小孩子跟著大人過去致意，大半出於好奇。我卻一點也不。遠遠望去，道士的打扮和喪服的式樣有些駭人，像演戲那樣的服裝看起來怪誕極了，大放光明的場景顯得特別假。我打從心裡抗拒喪禮的誇張造型和儀式。祖父回來帶了一方手帕、兩顆綁著紅線的糖要給我。我嚇了一跳。不要不要。急忙逃開。

祖母說喃嘸佬（道士）唱得不壞，很用心，打齋就應該這樣不可以青菜，一生人就一拜（次）嘛！下拜我死後喃嘸佬要請氣夠長的，別唱唱就休息，沒誠沒意的，死了都沒意思。隔壁的老太太後來辦喪事時，同樣的一番話，祖母又重複一次。我對喪事的印象因此大壞，也更怕。

那天到來時，我只好逃。先逃開祖父的，兩年後，再逃開祖母的。祖父的喪禮在家裡辦。半夜我打電話回去。靜悄悄的非常平和，沒有駭人的誦經聲，甚至感受不到一絲喪事的氣息。守夜的妹妹們在聊天，大妹說阿公就在後面躺著，很安詳呢，一點都看不出他生前脾氣很壞。小妹在旁邊插嘴，阿公在旁邊，我們不敢說他壞話，怕他起來打人。我突然後悔聽父親的話。是闔家團聚的氣氛啊，帶點歡樂，沒想像中的糟。父親說祖父最不喜歡後輩奔波，妳回來齋都打完準備出殯了，趕來趕去做什麼。老實說，當時電話這頭的我鬆了好大一口氣。

我心裡清楚得很，這事總有一天逃無可逃，我得參加自己的死亡儀式，給自己送行。也許，到時我會恍然大悟的取笑自己，哎！就這麼一回事啊，早知道就別怕了。

一家人的夢

春天，一切都顯得太匆匆，譬如春夢了無痕。這句詩的惆悵來自夢的空無，卻又形象得很，像離別的背影走遠了，猶回過頭來望了又望，想要留住什麼，卻什麼都不留住，也就只好悵然轉身。從前在馬來西亞時我無從體會，只能想像。春夢跟夏秋冬之夢有什麼差別？難道這三季的夢有分量些，能留痕嗎？如今在臺灣歷經十九春，這詩又美又愁的情緒仍然跟我無緣，我的夢不分四季總是非常清晰，多半是現實殘渣，不愁也不美，沉甸甸的，倒是巴不得了無痕。

事實卻是，我在春雨裡做著慘淡的夢，整個春天，夢裡比陰雨的天色更灰更沉。灰沉的春雨的某一個早晨，收到沒感情沒熱度的簡訊：call me。是小妹，上班途中等紅綠燈傳的吧！看來不像有急事，先擱著。吃完早餐再看，又一則，it's urgent。我還在判斷，越洋電話來了，阿姊，打給我，快點。明知道不會是火燒眉，我還是乖乖掛了手機抓電話。幾個妹妹全這樣，分明她們找我十萬火急，就是要我再撥回去。為了父親再犯的風濕、一頓很猛的火爆脾氣；或母親的假牙沒做好，又或者託買幾本書。最後這件最是賠了夫人又折兵，出錢出力出時間。有時，譬如這次，就只為了要我聽夢。

奇怪了，我上輩子欠妳呀？為什麼要我付電話費聽妳說夢？小妹不理我的埋怨，急切的講起來。關於祖父。付費聽夢，該不會這也是個幻夢吧。末了，小妹意猶未盡地發表她的夢後感，哎喲，阿姊，我哭到，真是。

斷裂，破碎，沒說出來的我都能體會能看見，一如當年同房之時。必然半夜抓著被子淚流不止，那樣的夢。祖父在夢裡用力拍她的肩，笑著說，阿公在這裡很好很好呀！生前少有的幸福和安詳溢於言表，拍打的力道非常真實。阿公要走時還抱我一下，很慈祥很慈祥的笑了。

就在那一刻，我彷彿進入小妹的昨夜之夢，看見祖父拍她抱她，揮揮手，臉帶笑容，很快沒入明亮的雲霧之中。阿姊，阿公過世時我都沒哭，昨晚我哭到早上起來兩個眼睛腫腫。現在還腫。小妹吸鼻子，鼻音變重了。我望著那團逐漸消散的白霧，霧裡隱沒的祖父背影。熟悉的白背心寬腳褲，久違了。

那是真的，豬頭蘭。不過我不明白阿公為什麼只跟妳講？妳比我美咩？電話那頭立刻換上笑聲。長姊如母可不是好當的，得了便宜還賣乖的傢伙逮到機會又虧我，of course，妳是四張快沒得找的阿嫂了。

多麼溫馨的夢啊，連握著的電話都變熱了。突然就想起祖母過世那天，打開手機跳入眼簾的簡訊，一樣宣稱 urgent 的緊急催促。夏日早晨九點，陽光明媚，蟬聲如浪一波波。我習慣睡覺皇帝大，關手機拿起電話，再大再急的事都進不來。有時起床忘了開機也沒放回話筒，常把尋人的急死。

沒想到這回是祖母離世。阿婆死了，阿姊。正準備回家的小妹在電話那頭開始哭。我啊了一下，沒意會過來。吃麵哽到，一下就沒了。我再啊一下。某些時刻，是沒話的，譬如這種天打雷劈的瞬間。本能的反應，只有啊可以傳達我的疑惑和驚訝。這烈性子的女人，連死也這麼意外而嚇人。她想死，便死了。誰也阻止不了。

隔年我回去見她跟祖父，赫然發現連死亡日期她亦已挑好。農曆六月十二。

６１２號，祖父的牌位號碼。我當著眾多逝者的面，大叫。遲來的發現。當時祖母的牌位預留在祖父隔壁，先貼著紅紙。等了兩年，我們都沒發現數字有暗示。不是跟你們說六月十二嗎？照片上的祖母臉有慍色。沒一個讀出來，蠢人。

父親心懷愧疚，因夜有所夢。祖母坐在油棕廠的超高溫火爐裡，直挺挺的瞪他。妳阿婆眼睛看到了，沒盲，好像怪我把她一把火燒了，沒入土。父親的聲音聽來很沮喪。又一個被夢困住的人。一樣戲夢人生顛倒夢想。果然是一家人欸。

我想養隻食夢獸，把父親的我的所有人的噩夢全吃掉。窗外，吉野櫻的落花滿地，這夢般的幻念，瞬間便隨著落花春雨去。

聲氣

我在臺灣快二十年，總共接過兩個親戚的電話。一次是小姑，人在臺北；另一次是桃帶姨，人在臺中。剛好父母親兩邊的親人各一位，平均十年一次。就只通個簡短的電話，時間不對都未見成。然而，她們說話的方式和語氣，聲音的質地，乃至句與句之間的停頓，那些聲音表情，都跟她們手足，我的父母親，有著驚人的相似。如果見面，必然還會有更訝異的發現。

這幾年來，那神祕的遺傳基因，一樣接一樣的在親人身上發作，彷彿有隻看不見的手設定好了程式，時候到了，它便按時出現，給你瘋狂，暴烈，怕吵，酒癮，糖尿病，地中海型貧血等等大大小小說不完的，這種那種，好的壞的，家族送給子孫的正字標記。集壞之大成的可憐倒楣鬼，只好回去怨父怪母。

還有更幽微的。除了家族遺傳的疾病，除了神氣語態，小至皺眉，或者彎腰撿東西的方式。難道，連這些都會遺傳？

跟小姑上一次見面是在機場。五年前回去探望病重的祖父，我在新山下機，她準備飛回沙巴。小小的候機室，在頭巾、峇迪和紗麗洶湧的人潮中，各色人種的雜沓氣味裡，匆匆話別。再上一次相見，是我初中，少說二十幾年前。她嫁到東馬，就跟我離家之後一樣，跟家人打電話的時間，遠比見面長。

那回她跟父親並肩站著說著話，眼神無意識的對著來往人潮空望，兩人臉上都有一種出竅的架空表情。這兩個元神不在的兄妹，連牽動嘴角，回應對方，嘆口氣的神色都像是從祖母那裡學來的。特別是小姑，多年不見，她說話的抑揚頓挫和措辭，她年過五十的臉，什麼時候變得跟祖母這麼相似？那三張憂傷的臉，很久以前只是輪廓微似，不細看亦不察覺他們的血緣關係。新山機場那次駭人的發現之後，我神經質的對鏡許久，很怕自己眉宇之間也會流露遺傳性的張皇和憂傷。

還有更吃驚的。電話裡小姑說在臺北看可不可能見面。我問她何不跟姑丈去花蓮。她猶豫幾秒，終於小聲的，不太好意思的說，我，我又不想去喔。電話那頭的她必然也露出抱歉的笑，陪罪似的，覺得不太應該，但又不想勉強自己。父親有時就這樣說話，特別是那個討饒的「喔」，我的天！一模一樣。

一模一樣出自祖母。有一次給祖母帶了一盒綠豆糕。我附在她耳邊悄悄說，就妳有，收好一點。她皺著的眉立刻舒開，笑不攏嘴。不好意思喔！拿一點給妳媽，啊？我要是把她的話當真，綠豆糕和悄悄話就都做白工了。那個意味深長的「喔」，在我腦海留下深長的餘波始終未散，專門等我去發現小姑和父親跟祖母之間相通的聲氣，好印證遺傳的頑強。

桃帶姨則是母親的複製版。十三年前婚宴上見過，沒說上話。亂糟糟的一大團親朋戚友，對誰都沒留印象。感覺上仍是初中三見過到現在，匆匆又二十幾年。那回是大表姊結婚，她忙進忙出幫大姨張羅茶水招待親友，胖大身影是她的註冊標記。打從我有印象，她就是那身打扮，無袖上衣配寬腳褲，跟大姨一樣，很年輕就遺傳了外婆那邊的糖尿病。桃帶姨很有喜感，做小姐時她就圓身圓臉，胖子無心機，喜歡大笑。

母親排行第六，下來就是她。我跟母親那邊的親戚不熟，從來不覺得母親跟哪個阿姨像。可是臺灣講的那通電話讓我徹底改觀。桃帶姨跟旅行團走，大概臺灣的形狀和各縣市的地理位置都沒弄清楚，我說我住飛機場附近，她立刻大叫，哎呀！一下飛機搵妳就好了。沙央囉。

我愣住了。搵。沙央。「搵」是廣東話式的客語發音，外婆就是這樣說的。她說這個字時眼睛很快眨了幾下。瘦小的外婆有快速眨眼的習慣。於是我覺得桃帶姨在講這個字時，眼睛必然也很快的眨了好幾下。至於沙央，不是母親的專屬用語嗎？把馬來文的「可惜」用客家話唸，我以為那是母親搬到油棕園後的語言大融合。看來不是。舅舅阿姨全都在美羅鄉下的新村種地，嫁娶不離鄉，從小到老不改客家話雜廣東話的說話習慣。那是母親的鄉音，原來。

大妹跟我長得完全兩個樣。曾經我的同學說，鍾怡雯，妳跟鍾怡秋的聲音很像很像，我以為是妳，在妳妹妹背後叫妳。當時我非常不以為然。如今，我信了。神祕的遺傳，神祕的聲氣相通，就像桃帶姨和母親。她們是姊妹。

鍾氏出品

去年新拍的全家福照片洗出來，我不由得會心的笑了。哎！難怪父母親那麼愛全家福，每隔幾年拍一次，我們臉上全寫著誰和誰的出品字樣，那是父母親宣示領土的光輝時刻。時光停頓剎那，打上父母親的註冊標記，耳邊猶留著卡嗒的輕響。照片裡，我們的中性穿著反映父母親的喜好和管教，多麼易於辨識，一眼就看出誰姓鍾誰不是。父母親的基因勢力顯然旗鼓相當。我、老五和小妹像父親。老二和老四愛母親多一點，老三像祖母和母親的綜合體。老實說，這組合最怪，大概我選了父親，老二選母親，老三只好別出新意。排第七的小弟則是牆頭草，父母親各一半，誰也不得罪。

然而沒關係，我們在衣著上大致統一。要不是小妹，那就是完美的大一統了。從我到老五全是褲裝，牛仔或西褲，小喇叭、直筒，中腰或低腰。平常也是中性打扮的小妹，那天刻意著裙，為了顯示她與眾姊姊之間的年齡距離，以及未婚的優勢。於是照片裡的她看起來有點怪。那張臉，明明屬於我們家父系一脈。鵝蛋臉，粗眉大眼，父親嫡傳的高個兒，可是配上暖色系背心裙。不對就是不對。我說全家福裡就數她穿得最不像我們家人，她承認。

她承認了我反而不安，這不像她。果然，後勁立刻就上來了。我比怡珊小五歲，小妳十歲，搞清楚。我跟妳們不同的啦，阿嫂。小妹把所有進入前中年，或當母親的姊姊們，一律戲謔為「阿嫂」。只是，再過三年她就三張沒得找了。就這三年，姑且容忍一下她短暫的囂張和驕傲吧！時間才是勝利者，這道理她目前大概理解得還不透徹。從小父親就老么老么的喊她，當著朋友的面毫不吝嗇稱她是 my young lady，父女一向非常親暱。只有她會摟著母親痲長痲短的連哄帶騙。那痲叫得特別纏綿，非常撒嬌，不像我們短促的去聲叫法，把媽喊成罵。言為心聲，不知道跟小時候我們老挨罵有沒有關係。

小妹因此有一種大無懼神情乃五個姊姊所無。得寵的人對時間特別有恃無恐，她有背景有強大的靠山。小時候她是姊姊的洋娃娃替代品，梳頭打扮著篷裙，碰到她要上臺表演，我們全搶著給她化妝，一邊嫌她臉小眼大，瘦得像越南難民。那時候我們對周潤發和繆騫人演的《投奔怒海》印象深刻，難民前面一定加「越南」，高中時順應時勢換成「非洲」。小妹那張臉的焦點全聚在眼睛上，臉頰都快沒餘裕上腮紅。

她小時候的照片多半卡哇伊的小公主扮像，我們則是短褲長褲七分褲女扮男裝，站在她身邊像成串等候命令的僕人。從前父親很不喜歡我們著裙，說拖拖拉拉不乾脆，走路不方便，要母親以後別買裙。我始終想不通，父親沒穿過，憑什麼那麼武斷獨裁？大概有種無魚蝦也好的心態吧！沒兒子，就讓女兒穿得中性一點，連母親也不自覺的被同化。有一回她剪了一塊布要給我和老二做衣服，沒想到最後成品竟是短褲，我和老二各自生悶氣，很有默契，不穿就不穿。多少年了，褲子還跟新的一樣。

好命的傢伙。小妹出生時，父親年過三十，懂得怎麼放下身段當個會說笑的慈父。再兩年，小弟出生，他有個貨真價實的兒子，再也沒心思生裙子的氣。倒是經過多年的調教，幾個女兒早已拜倒褲子底下，連小妹都向姊姊看齊，成為「鍾氏」出品。

所以，千萬別小看童年，別看小了心思縝密的小人兒。每個靈魂的光暗，色澤和輕重，早在童年時，就悄悄被一層一層上色、打磨，變成一種叫做「差異」的形狀和個體。那些雞毛蒜皮的小事，無心的話語，大人的喜好，常被小人兒轉化到他們的人生裡，成為一輩子。父親大概沒料到，他的鍾氏出品，風格竟如此鮮明。

埋葬自己

祖父的忌日是七夕，五年前，牛郎織女在天上相會時，他丟下祖母的嘮叨，獨自過他清靜的情人節去了。沒來得及送他最後一程的我閉上眼，見他一臉解脫的輕鬆相，手上拎著一瓶黑狗啤酒，一手夾著菸，沒入亮光的遠方。

他的爛貨在那邊等他呀！老不死的這下終於死透透了。祖父過世後一年我回家，終於有機會試探祖母對祖父過世的「感想」。祖母給我這樣戲謔的回答，聽起來像電影的設計對白。祖母總是懷疑祖父有老相好，對象不外左鄰右舍的阿婆阿嬸，總之所有跟祖父說得上話的師奶們全是可疑人物，一律被她冠以「爛貨」，更粗俗的叫法是「打炮貨」。阿婆講爛口喔，我們故意提高聲量嚷嚷，她會曲食指作勢敲頭，叫我們閉嘴，不然就拿手上的扇子撲人。祖父先走一步，她的解讀仍然一以貫之，不就找爛貨去了嗎？

她叫祖父老不死可不是說著玩的，是真心誠意詛咒他去死。他們一輩子沒好好說過話，總是吵，總是話裡帶刺，極力挑釁，互相詛咒早死，聽久了覺得那是他們祝福彼此的方式。隔壁的老鄰居錦清嫂常說，你阿公阿婆是前世冤家，到上面去時我擔保他們也還是吵。她指指天空，搖頭。真是陰功，從早吵到夜，沒辦法囉！要是她知道自己名列祖母的「爛貨」名單，不知道會不會拿砍柴的巴冷刀衝進我家？祖母說這客家女人是「硬頸死爛貨」，慓悍蠻橫，錦清伯被她治得死死的。

祖父爛醉時可以睡上一天一夜，不吃飯不下床，怎麼叫都沒回應，同樣一個姿勢不動大半天，喊他，只眼皮抬一下，翻一絲白眼立刻闔上。冇眼睇，他彷彿這樣說。他沒眼看這世界的樣子就跟死了一樣，好幾次我忍不住探他鼻息，心臟都快跳出來。我跟祖母說阿公醉死了。祖母就會去大力拍門板，大聲吼他，老不死，你兩腳伸直來，死快點。被詛咒的人這時會象徵性翻個身，向虛空揮個無力的手，長嘆一口氣。腳伸是伸直了，不過沒死，反倒悠悠回神了。回神的祖父更讓人發毛，他常常呻吟著一句話，阿公要死了阿公要死了，拖得平平的拉長尾音，像辦喪事打齋的吟唱。閻羅王根本不理他，讓他事與願違的活到八十四，喊了三十幾年。

這種戲碼小時候常常上演，祖父醉倒，家裡沒菸味沒酒味沒吵架聲。客廳那把阿公專屬藤椅空盪盪，藤椅上方曾祖父照片裡慈愛的微笑有點意味深長，曾祖母則一臉嚴肅，眼神定定的異常銳利。她的神情有些陰森，看她一眼要補看曾祖父兩眼平衡一下。剛學步時我常常偷喝曾祖母的茶。我看妳有時頭瘋頭瘋的，說不定吃老人口水吃壞頭腦，母親對我無可奈何時就只好怪祖先。嫁進鍾家母親才十九歲，癱了下半身的曾祖母生活由她一手料理。舊擺（從前）還能走時常發神經啊，拿鋤頭挖洞埋自己。母親搖頭，沒看過這種人，你阿公就是像他，你爸也是。

前幾天我打電話提醒父親別忘記祖父的忌日，說著說著他就提起曾祖母。曾祖母能走能跑時，每隔幾天總要上演掘墳記。家裡沒她人影，必然是在菜園挖地，弄得一片狼藉。頭瘋啊，小時候追她追多了，荷著鋤頭拚命走，好像有人牽她脖子一樣。我大聲喊她阿婆阿婆她都不理，搶她鋤頭她就說埋我埋我，我要死了。硬是拖回來，給她吞顆鴉片屎就平靜了。父親頓了頓，言歸正傳，你阿公個性跟她最像。

你也跟阿公一樣，我心裡這樣想，卻沒說出口。祖父過世沒多久，我做了一個埋葬自己的夢。夢裡我荷著鋤頭趕在大雨之前把自己埋好，急出一頭一臉的汗，我的墳都沒挖好怎麼辦快下雨了，來不及啦。滿身大汗我從夢裡驚醒，睜眼到天明。

我吃了曾祖母的口水，神祕而宿命的遺傳了曾祖母的頭瘋。晚上在啤酒的苦澀裡，我一點一點的體會到祖父寧願醉死的理由。在那微醺的痛快裡，感受到活著的艱難，以及暫時解放的必要，逃避的必要。

前世的胃

我有個無法捉摸的胃，某些黑名單食物會引發它嘔吐，某些氣味也會。食物引發的痛苦雖然激烈，卻很短暫，速戰速決吐完胃就舒坦了。氣味可不，胃裡無一物，乾嘔空氣和酸水的拖拉非常折磨，嘔得心肺顫抖眼泛淚花，腦海還怪異的出現客語旁白，前世啊前世啊。那是祖母說話的節奏和語氣，就在那一刻，我彷彿又看到祖母蜷縮在車子一角，緊緊攥著塑膠袋大聲空嘔，擠成一堆的五官全在哀號，前世啊前世啊。

祖母過世後，這兩個字跟著骨灰撒落大海，漸漸從家人口中消失，我們只會陰功陰功的鬼叫，前世是祖父母那輩的用法。然而只要一吐，這個字就會自動在耳邊旁白，像祖母還魂。一聞到汽油味就反胃的祖母絕少離家，看不見，出門做什麼呢？然而總有不得不的時候，譬如看病。她牙齒不好，老牙痛，可忍受的小疼小痛塗點風油萬金油治標。土法煉鋼不奏效時，就只好出門拔牙。

拔牙和出門，都是祖母的最怕。出門前一晚她開始失眠，嘴裡喃喃自語像唸經，偶爾嘆氣，隔一陣就起床。尿壺就擱在床邊，她下床的腳步很重，把架高的木地板踩得很響，又使力拖尿壺，把地板弄得支咯支咯叫，有點拿地板出氣的樣子。跟祖母同床的我也睡不著，阿婆，你睡不入覺？她捂著臉斜嘴說，阿婆怕坐車。

我也怕。我怕陪祖母坐車，旁觀她的痛苦卻什麼也幫不上。說實話，祖母對汽油的過度反應實在有點病態。聽到叫來的計程車遠遠停在鄰居門口，她就苦著臉說，阿婆要嘔了。她變成比我還小的小孩，撒嬌似的要求，同妳爸講，我不要去了，好冇？現在好像沒痛了，忍一忍，說不定過幾天就全好了。祖父看祖母苦臉縮眉的樣子就火，說她根本就心理作用，停在那麼遠哪來汽油味？何況那年頭的計程車，都是用柴油的老賓士。祖母被祖父一罵，立刻激發昂揚的鬥志，變了聲調換上潑辣的臉罵回去，上車前先吵驚天動地的一頓。

可是一上車，潑婦和小孩都不見了，祖母變成沉默，變成向命運俯首的殘缺之人。她口袋裡塞著幾個塑膠袋，彷彿有幾袋苦水要吐。其實出門前一晚就不敢再進食，胃裡哪有東西可嘔？抽搐的臉，不吐時捏緊鼻子的無可奈何，這是我少數詛咒上天的時刻。被一種混合著生氣、委屈和苦楚的情緒掐緊喉頭，很酸，眼角噙淚。好在老賓士沒冷氣，風很快把我的薄淚接走。

幾十分鐘車程下來，吐完空氣的祖母像小了一號似的，駝著背被扶下車。回程再來一次。然後可能是三個月、半年或一年，再來一次前世的坐車之旅。每看一次醫生祖母就縮小一點，背更佝僂一些，然後，我便離家了。

離家之後，到底是誰陪祖母去看醫生？她坐車吐不吐？我竟然從沒問過，倒是常常想起祖母喜歡撫觸我的臉，拼湊我的長相。那骨節突出的、粗糙的手，在五官之間停停走走，然後說眼睛像大姑，嘴巴像父親，耳朵又像誰，有些是在廣東，祖母那邊的遙遠親戚。我問祖母，妳想轉去冇？祖母搖搖頭。我怕坐車。

有時候祖母就順著那些遙遠的親戚講起從前在老家挑鹽的苦日子，講起許多如果。如果當初嫁的是個性很好的叔公，說不定就不用苦瞎眼……末了總結，阿婆一世人都很前世哪。前世對祖母意義非凡，無法解釋的多舛命運，都是前世的業今生要承受，也唯有這樣，才能安住四十幾年瞎日子，等待暗無天日的今生，走入前世。

不做生日

我家有個不做生日的不成文規矩。長輩尤其忌諱做壽。從前常聽說誰誰的祖父祖母八十或九十壽宴之後，忽然而莫名的離世。那麼大張旗鼓等於是點醒閻羅王，所以最好靜悄悄的別聲張。我家不做生日跟這民間禁忌無關，完全肇因於一樁不幸的巧合。

那年我小二，祖父六十歲生日，父親特別請假帶著我們從北返回新村。六十歲算什麼?我媽活到九十幾歲都沒做。祖父很不領情，他從來不喜歡小輩奔波，尤其為了做壽這種小事。我們專程回去還挨他的訓，父親整夜沒睡的紅眼因此看起來像是被罵哭。那時候剛搬到油棕園，前天他輪下午班。下班後，匆匆帶我們直奔火車站坐夜班火車。父親屬緊張不易沉睡之人，出遠門那日必然早早驚醒，或者失眠。一夜未睡的父親除了紅眼，還特別會長鬍渣渣，臉上蓋著一層厚厚的疲憊。輪夜班早上七點多回家時，他臉上也有被折騰過的痕跡。每次我都很想拿湯匙或刀子，刮下那層灰濛濛的覆蓋物。祖父訓完人之後出門買早餐，我們梳洗完，喝下祖母熱過的雞精，全都睡回籠覺去。

事情就在夢中發生的。其實我還真希望是夢，醒來之後，所有的驚嚇都夢過境遷。可惜不是。朦朧中被哭聲和雜沓的人聲吵醒，最先聽到祖母驚慌的哭喊，她不斷重複同樣一句話，哪會這樣？廚房後門站著兩個馬來警察和幾個鄰居，祖父和父親臉上結冰了，二話不說隨即尾隨警察出去。我喊祖母，她扯著衣角擦去滿臉淚水，說，阿妹撞車了，按無小心哪。哪會這樣？阿妹是二姑，住檳城，瞞著祖父，跟二姑丈兩個小孩開車南下，出了車禍。當時鄉下沒電話，警察出現在門口都是天大的事，而且多半沒好的。

這麼一撞，受傷的不只是四個人的身體，還撞毀一個家庭，修改了這四個人的命運。二姑在四個姑姑裡長得最好最愛美，這次車禍偏偏撞傷她的臉骨，左臉凹陷。當年的整容技術無法挽救，一出門她便戴著大太陽眼鏡遮去半張臉。那張臉，曾經留下美麗的青春笑靨，凝固在照片裡。車禍還傷到她的中樞神經，十個手指無法伸直，膝關節紅腫發炎，走路一跛一跛。四歲的表弟頭蓋骨碎了一塊，直到現在，他到每一個新環境都提醒周遭的人，千萬別拍他的頭頂百會穴，那裡無法承受重擊，是他的致命傷。當年那場車禍還影響他左半身的發育，左手左腳長得比右邊短，那張俊美的臉只有徒增感傷。

表妹的後遺症最小，可是她遺傳她母親的宿命。宿命的痛因為無形，因此也最難治癒。二姑丈只皮外傷，沒多久，二姑還以淚洗臉的時候，他卻在外面有了女人和小孩，把車禍賠償的一百多萬花光。那筆錢，二姑本來指望用它重整門面。表妹年紀輕輕便結婚，生下一個女兒，先生卻在外面另有家庭。小我三歲的她雖沒離婚也形同單親家庭，跟二姑當年一樣。

如今回看當年那場車禍，只能說，那是命運殘忍的出手。

二姑不到五十歲便一頭花髮。最後一次見她，在我的婚禮上。大太陽眼鏡遮不住悽苦的表情，婚禮上她望著我發呆，敬酒時她牽動嘴角，卻一句話都沒有說。我的心被那表情揪住，像扭衣服那樣給使勁絞了一下。二姑當年給父親寫的信，像咒語一樣打從時光隧道奔馳出來：「我這顆破碎的心，是永遠都好不了了。」扭曲的字跡，痛苦的臉，同時在歡樂的結婚典禮上交錯。那一刻，我也失神了。被命運狠狠蹂躪過的臉啊，她要如何說出祝福？

等不到為祖父和祖母送終，二姑就先走了。才五十幾歲。對病痛的身體和殘破的心而言，卻是夠長夠久，也夠痛苦。祖父的生日和車禍。不幸的巧合。究竟，這是怎麼回事？

今年父親六十歲生日前兩個月，剛好我返馬。家族聚餐時沒人敢提做壽這事，沒想到二妹的女兒餐後突然高燒過度咬舌頭。幸好有驚無險。然而警告的意圖明顯得令人打寒顫。我想揍人。滾遠點吧，去你的命運，去你的爛巧合。

陽光不到的角落

在我家出「神經病」以前，我常搬出一連串跟神經病有關的名詞問候別人。顛佬、痴線、傻佬、頭瘋佬、肖仔、gila（馬來話，等同神經病），這些用語多半是口頭禪，說話時用上一兩個，沒什麼意義。就像有些人一開口就習慣問候別人的媽，多半也當發語辭，或是抒發情緒之用，跟實指沒什麼關聯。不會真有人那麼無聊四處關心別人的老媽吧？

自從三姑進入精神療養院之後，跟神經病有關的用詞忽然全都變成禁忌，連別人不經意的玩笑，都會挑到我的暗傷。住家附近那個被叫花痴桃的年輕女子懷孕時，鄰人的竊竊私語讓我說不出的難過，好像被議論的是我家親人。她鰥居的光頭老豆娶了隔壁的印度女人，印度女人剛死了丈夫帶著五個小孩，不久就生了八分印度人兩分華人樣的華印小混血，叫阿祥仔。原本有點自閉的阿桃就是這段時間突然懷孕，父不詳。光頭老父硬是把她嫁給一個目光呆滯的高壯男子，只公證，連喜帖都沒發。有人說那叫大拍賣，買一送一。

故事就到此為止，光頭佬不說，也沒人敢問。可是每回看到阿祥仔，就想到阿桃。她總穿一件鬆垮褪色的印花連身裙，風吹得一鼓一鼓，沒懷孕也像懷孕。喜歡倚門發呆，肥胖軀體埋在陰影裡。她是商晚筠筆下的痴女阿蓮，那身形和部分情節簡直如假包換。光頭佬帶阿祥仔像祖父帶孫子，慈祥目光和疼惜是爺爺式的，明明是幸福的畫面，卻讓人覺得殘忍和荒謬。總而言之，不對勁。

所有的神經病患都被視為不對勁，頭腦不正常算是仁厚的措辭，歸祖父專用。或許我們家有著神經病的傳統，說話時總有些顧忌。第一號病患是阿太，曾祖母。她的困擾純屬自家事，拿鋤頭挖洞埋自己這事，還頗有點喜劇效果。

第二件無論如何讓人笑不出來。某天，我那一表人才的表叔照片斗大的出現在社會版。他用鋤頭把自己的老爸鋤死了。警察找到他時，他正在金寶戲院看電影，隱身黑暗的密閉空間。警察來了他倒是乖乖跟著走。才從神經病院出來沒幾天，又被送回去了。陽光不青睞他，也不屬於他。那個空檔好像專門放出來要父親的命，很有輪迴業報的討論餘地。祖父跟他哭得死去活來的妹妹，表叔的媽我的姑婆到警察局去探望，這傢伙倒是若無其事一派平靜。祖父問他，你知道你打死你阿叔沒？他點點頭，不激動，也不難過。祖父回來拚命搖頭，沒咳塞啊，沒咳塞啊！沒辦法沒辦法，他只能說沒辦法了。於是找到藉口灌酒，直灌到爛醉不省人事。

表叔和我父親姑姑們全叫父親阿叔，至親要叫成疏遠的，是一種讓關係永續的障眼法，騙老天爺的，就像獨子要取女兒名，或者喊個可以青菜長大的動物名，阿貓阿狗之類。然而我相信宿命是無法更改的，就像祖父的感嘆，沒辦法；就像我無法理解從小很會讀書的三姑，怎麼從女警變成精神病人。她的活動空間從警察局變成精神療養院，住了幾年之後出來，人變得更加沉默寡言，一整天沒話，就發呆和睡覺，清醒時吃吃發笑。那情景有點嚇人，也令人心酸。阿桃倚門發呆的模樣，就有三姑的影子。這些被命名為gila的人，他們的思維方式，他們所處的世界，那些曲折幽暗和痛苦的心情轉折，陽光照不到的角落，真不是我們能夠理解的啊。

祖父為三姑喝下的酒可以填滿池塘了。祖母則有些認命，她破口痛罵的是命運和鍾家的壞遺傳，可是沒有一個人的名字被提出來，高明的出氣方法，非常體察人情。這事倒讓我看到祖母的強悍和韌性，當年她敢隻身南來，果然是有兩下子的。最倒楣的是父親。祖父喝醉就把他痛罵一頓，連帶我也遭殃。

三姑後來跟了個跑船的，沒請酒，草草註冊了事。小我十幾歲的兩個表妹跟她們的母親一樣，悶葫蘆。祖母說三姑小時候就這樣，半天不出聲，家裡跟沒人似的。要是祖母看得見這對姊妹陰鬱的眼神，絕對會憂心。幸好。

腐爛的公蕉

想起祖父就聯想到香蕉。這句話也可倒過來講，想到香蕉就想起祖父。香蕉沒有四季，隨時在水果攤上恭候，祖父似乎也從來沒有死去，藏在香蕉、酒精和夢裡，像背後靈那樣如影隨形。

客家話的香蕉發音是弓蕉，非常象形，我總誤讀為「公蕉」，阿公的水果。祖父去哪裡都帶一梳蕉，尤其南來北往，要在火車裡消磨漫長的八個小時，手上一定少不了蜜仔蕉或紅肉蕉，最便宜的那兩種，幾角錢一梳，沉甸甸的十幾二十根，果腹兼潤腸。他不喜歡吃火車食物，面無表情的說，貴死人，難食。

無論時間多緊張，上火車前，他匆匆奔向火車站的水果攤。等吓，阿公買公蕉。像我們上飛機買保險，那串蕉是他的旅途平安險。廉價的三等車廂沒有冷氣，幾把要死不活的電扇徒增噪音，車廂裡擠滿跟賤價的香蕉一樣過量的貧窮老百姓，汗味、菸味、尿臊味、印度人的體味。下車時沒吃完的香蕉熱出黑點，熟蕉的味道令我作嘔，不知道為什麼我腦海跑出廣東話或客家話的「爛蕉」，男性生殖器，罵人的粗話，而且延伸出「腐爛的」言外之意。這樣一想，就更反胃了。

香蕉是最不受歡迎的家常水果，多到淹腳目，廚房的牆壁上，或牆角轉彎處，永遠殘餘著沒吃完的香蕉。眾口之家吞食的速度總也趕不上香蕉熟爛的速度，時間奔流的腳步。一枝砍下的青蕉整整上百根，你推我擠密密實實一條摩擦著一條，那是熱帶的雨水和高溫變出來的魔術。長得肥的美的早熟的，才剛從青轉黃，便一條兩條早早給拔走，等到全熟透透沒得好挑，拔香蕉這事便沒了樂趣，愈吃愈慢終於成為胃口的負擔。澄黃流灩的蕉皮冒出醜怪的黑斑，甜味引來成群的果蠅繞著香蕉飛舞打轉，引出母親的壞脾氣，她規定每人一定得解決幾條，否則不准吃飯。往往舊的沒吃完，又有新的香蕉「夠水」（成熟）可以採收，永遠沒完沒了。

熟得不能再熟時，蜜仔蕉的皮緊黏著肉，高溫把香蕉的澱粉悄悄轉化成醣分再轉化成半液狀，更黑的蕉皮滲出酒味的甜膩，跟祖母擱在碗櫥多日的剩菜一攪和，甜鹹混雜的霉爛氣味像餿水，在鐵皮搭建的廚房底下四處流竄，向天井和柴房，記憶深處的昏暗角落漫漶。

碗櫥總有放了三天以上反覆煎得焦褐的鹹魚；在一次又一次的翻炒中，肉和汁早已乾枯的梅菜豬肉，菜肉不辨地縮在碗底；只剩蛋白的半顆鹹蛋，幾塊糖炒鹹菜，一小截腥鹹的白帶魚，全都是脾氣死臭、體味濃烈的食物，回鍋再回鍋，在火裡失去水分和滋味，乾癟變形。

祖母端著堆得高高的白飯縮著嘴猛扒，筷子往前胡亂探索，在剩菜裡來回穿梭，夾到什麼吞什麼，新煮的菜她不肯碰。祖父氣不過，藉著酒精的力量罵開去，一口兩用，剛開始他罵的內容跟菜勉強扯得上關係，罵開之後氣順了於是天馬行空，像寫小說或演戲劇一樣高潮起伏，隔壁鄰居有時丟下鑊鏟跑來觀禮，亮二哥又唱大戲囉！她站在窗口探頭，看熱鬧的嘴臉。祖母趁咀嚼的空檔回幾句，有人煽風點火，祖父的全民開講於是更起勁了。

每回看到水果攤上的香蕉切成秀氣的四五根一串，而且價格驚人，真有點恍如隔世。那些爛蕉剩菜的氣味啊！

難過的晚餐

下了課在市區一家小館吃飯。隔壁桌的中年男人邊吃邊給兒子講詩。穿著小學制服的兒子顯然不太耐煩，對父親自以為是的高見很應付的小聲嗯啊。男人自顧自講得情緒高昂，館子裡都是男人的賣弄和大嗓門。大概是個教書匠，說起話來有種討人嫌的八股語氣和腔調。他的太太和小女兒面無表情，默默吃著。要是每頓都吃成這樣，哎！我看著不由得難過起來。

從前我也不喜歡晚飯時間，還沒上桌就心生警惕，暗自祈禱吃飯順利，千萬別有哪個討厭鬼又犯錯討罵。不曉得是誰訂下那麼多餐桌規矩，吃得不辨滋味也就罷了，總有罵聲和眼淚的飯桌，實在令人退縮，挨餓都沒那麼難過。那種闔家團聚邊吃邊聊的輕鬆時光，是偶然且非常後來的事。小時候吃飯簡直是禮儀訓練課，動不動就被訓斥，小孩又多，於是含淚吞飯成為經常上演的戲碼。那時候我不明白，掉筷子、掉湯匙、菜沒夾穩掉湯碗之類的芝麻小事，到底有什麼好生氣，非得大呼小喝弄得大家食不知味。既然在飯桌上容易發飆，分開吃不就好了？

有時只是忘記端碗扒飯，耳邊立刻便有怒聲。乞丐才不端碗，你想當乞丐嗎？啊？講過多少次了，耳聾啊。如果大人火氣正猛，被罵的倒楣鬼又剛好掉淚，那就壞了。在我們家，淚水像火水（煤油），滅不了火，只會火上添油助長焰苗，把斥責當耳邊風的反倒沒事。火燒火燎的關鍵時刻我總是三口作兩口扒，菜也顧不得吃，清乾淨自個兒的碗筷順帶收走，火速逃離。

有時逃得太匆忙，掉在碗外的米粒沒撿走，或者潑在桌上的菜汁現形，逃到一半也免不了被轟炸。最常被罵賤骨頭，大人氣過頭時，甚至賠錢貨脫口而出。母親按捺不住時，也順著祖父母的意思再修理我們。有本事搬到外面去住，吃餐飯都冇安樂。問妳爸，有本事買多一間屋冇？啊？全是賠錢貨，養愈久愈蝕本。壓抑著哭泣的說話聲，碗筷往桌子用力一放，菜飯全嚇得跳起來。

我逐漸了解大人生氣的理由，跟落地的湯匙或筷子不必然有關，比較像借題發揮。迂迴的針鋒相對。母親的氣話也是反話，繞個彎給祖父母一記回馬槍。大人的政治學。倒楣的小孩。不，倒楣的女孩。小弟出生後我常跟他講，你這不識時務的討厭鬼，不會早點來嗎？害六個姊姊平白無故挨了許多罵，害你媽掉了多少眼淚你知道嗎？豬頭。他露出粉紅的牙齦笑得非常無辜。千呼萬喚始出來，這是我給小弟的代號。曾以為小弟是救世祖，他一出現，就等同於天下太平。

果然是天真又無知啊。

祖父過世前兩個月我回去看他。只要醒著，他一會兒要求我幫他擦澡，一會兒要餵麵，過沒多久又嚷嚷，阿公想吃水果。我詫異極了，祖父竟然會撒嬌。祖母則老黏著我說話。別那麼快走，妳不在，阿公阿婆日子難過啊。她按著我的手。我拈一塊芒果肉到祖父嘴裡，沒回話。祖父的腳在淌膿，嘴淌芒果汁，彷彿吃到嘴裡的芒果汁從腳流出來。地上有點黏。

專程返家的小妹從母親房裡探出頭，用眼神把我叫進去。母親在哭。

他們以前怎麼對我？啊？妳現在對他們那麼好？還專門坐飛機回來服侍他們？二〇〇一年六月，進入二十一世紀了，這跨世紀的怨懟。母親的眼淚把我喚回當年的飯桌。三十幾年過去，我的應對方式依然跟當年一樣笨拙，依然只懂火速逃離。逃回我自己的家，在另一個島上。難過的晚餐成為故事，成為別人的事。

長大的故事

搬到怡保跟老五同住三個月後，父親像落荒而逃似的找了份工作住到工廠宿舍去，每週回老五那兒兩次。母親跟三個五歲以下的外孫倒是住得和樂融融。她不姓鍾，不怕吵。有一回我在，三個混世魔王追逐哭鬧搶東西，吵得快掀屋頂，一個小時不到，我立刻同情起父親來。三個月，那是什麼日子啊！換成是我，不瘋也重聽了吧。母親還是一臉笑，她對小孩的噪音免疫。父親看我苦笑，若有所思的說，都不知道妳們是怎麼長大的。

真是一言難盡說來話長。

我們跟混世魔王差不多大時，父親在錫礦湖工作，在家的時間很短。母親說從前我們比較好養，男孩跟蟲一樣彈來彈去，女孩安靜多了沒那麼躁動。最早住鄉下時，吃完晚飯天才黑，七點半就全趕進房。睡不著也躺著，反正躺著躺著慢慢也就睡成了。睡覺是一天的句點，如此一來一天變短了，匆匆數年一眨眼。

祖父跟父親怕吵的個性非常相似，他在抽菸喝酒嘆人生時，絕不准小孩嚷嚷，最好的方式是日入而息。祖母則說我們是「攪屎棍」，每天攪和出一堆有的沒的麻煩，把大人忙得半死，巴不得拉一拉扯一扯，我們就成人了。老人家晚年一直跟我們分開住，有時兒孫四代在那間不大的排屋闔家團圓，人多嘴雜小孩哭叫，八點鐘不到他們開始啊啊啊打連環哈欠，講話拖拉，接著便開始趕人。「趕」是母親的措辭，有一種非常急迫刻不容緩的神態，好像我們再不走，兩個老人家就要橫七豎八睡在兒孫面前了。世界真是反了，我們長大，他們變小，連睡覺模式都顛倒。

長大這事，真是說時快，那時慢。況且，並不是每個小孩都能通過危機重重的關卡，順利長大的啊。有一回老四肚子痛了整晚，隔天一早母親帶她坐第一班公車到市區看醫生。隔兩班公車就回來了，斜坡上母親一臉驚惶，不停拭淚，老四痛得小臉都縮沒了。竟然是盲腸，要立刻到新山開刀。居鑾到新山兩個多小時，前腳才踏進我們家的大姑沒機會坐下，又往回開。她住新加坡，開車從新柔長堤過新山到我家要三個小時多，母親回來前十分鐘方停好車。

車上坐著散發著汗酸味的父親，他被急召回家時，臉上還有沒洗乾淨的黑油，鐵灰色的工作服汗水油漬汪濕一大片，沒洗澡換了衣服匆匆就出門。母親走不開，國小三年級的我被推上車，她叫我幫忙去看著。看什麼我也沒問，反正我已經習慣代母職，迷迷糊糊的就跟著進了在海邊的新山醫院。一路上我非常擔心老四的盲腸，隔十分鐘就轉過頭去看她皺成一團的臉。因為緊張和害怕，印象特別清楚，並且似乎隱約的感受到了某種迫近的生命威脅。

包括守在開刀房外的情景，父親沒斷過的嘆氣。那種朦朧的威脅不是第一次。守在開刀房外，我想起四姊妹集體出德國痲疹的童年往事。起先是我，一個傳染一個，四姊妹陸續發燒，吊沙籠一字排開，那時老四未滿周歲。我燒退些了去搖哭鬧的老三，手上握著發燒時喝的犀牛角水。為了避免吹到風，沙籠掛在老屋那條黯黑的走道，在廚房和客廳之間。光影斜斜切進來，色澤昏黃，那是時間的光暈，光暈裡有大人傳染性的憂慮。

或許憂慮並不傳染，而是我對大人的情緒波動太敏銳。睡前我還喜歡把白天的事再複習一遍，如此一來，事情記住，感覺也忘不了，這毛病讓我老是被這些事情反覆折騰。

拉開時間的皺褶，諸如此類的事好多，怎麼可能如母親所說的只是一眨眼，父親都不知道你們怎麼長大的。這麼輕鬆的說法完全是因為從此刻回望，我們沒出大錯的長大成人了。老四念高中時有一天傍晚獨自在油棕林跑步，林子裡殺出印尼外勞要侵害她。她反抗尖叫手掌中了一刀。大一時收到父親的寥寥幾筆事後告知，我仍然受了極大的驚嚇，這事變成畫面和陰影在腦海揮之不去。從此以後，打開每封平安的家書都讓我鬆一口氣，如獲神的恩賜。

這些那些，說時快，那時慢的，長大的故事。

親愛的

開始寫信時，還沒讀小學。並非我早慧，而是應父親要求，平均每七到十天要給祖父和祖母寫一封短函。那時年紀小，字卻斗大，寫好草稿謄在西式橫寫信紙，寫一行空一行，還寫不滿一張信紙。寫信時父親在旁監督，我認識的字少得可憐，不懂的就問父親，怕怕的，父親沒什麼耐性，問多幾次，他說話的語調就變了。寫完之後父親要過目，絕不能漏字，錯字。一個字錯，整封信重寫。父親特別不喜歡橡皮擦的污跡，除非功力高超擦到錯誤了無痕，否則就重來。印象中絕少一次完成。非自願寫信很痛苦，父親在旁邊看著讓我倍感壓力，特別煎熬。

父親和我就在同一張桌子的兩端，同時給八百里外的老人家寫信。他寫不就好了，為什麼我還得寫？八百里其實並不遠，可是當時沒高速公路，鄉下連自來水都沒有，遑論電話。我們住離島，要回老家一趟可真是舟車勞頓——坐船到半島，轉計程車到火車站，再坐九到十個小時夜車北上。在火車的搖晃中醒醒睡睡，小孩累，大人更累。回程再顛簸一次，碰到退潮還得從大船換舢舨，跋山涉水幾經艱辛回到離島，父親因此想以家書取代返鄉嗎？

那年舉家搬到南部一個荒涼小島 **Pasir Kokok**，四歲多的老三獨獨留下來在萬嶺新村陪祖母，離家前兩個小時的臨時起意。老三跟祖母最親，離家前一晚開始哭，哭著入睡再哭著醒來。只隔層木板睡在隔壁的父親，大概被哭聲吵得一夜沒好睡。那時五十幾歲的祖父還在錫礦湖工作，隔兩三天才回家一次，瞎眼的祖母得獨自在家。父親心裡很掙扎，老三沒斷過的眼淚大概讓他心亂如麻，乾脆就把老三留下。混亂中，老三的衣物從旅行箱裡抽出來，就那麼可憐的幾件。我們的衣服都混著穿，沒有專屬誰誰誰的衣服，只有穿得下，或者穿不下的分別。老三掛著眼淚一手抓著祖母肥大的褲子，邊跟我們揮手。一老一小漸行漸遠的畫面，日後成為我對「孤兒寡母」的圖解。

離家前一晚我摟著祖母哀求她讓我留下，可是父親說了，無論如何不肯讓我讀華人新村的國小。小時候跟母親很不親，大概二十歲出頭的母親實在太年輕，沒定性更沒耐性，小孩多讓她又累又煩，很少有好臉色，跟後來愛笑、很有喜感的母親真像是兩個人。父親在錫礦湖工作，三四天才騎著他的正紅野狼機車回家一次，我對他陌生得很。唯一親的人是祖母。

那時母親罵小孩，祖母就扮白臉。母親下禁足令，祖母跟著就下特赦令。母親五分錢零用都不捨得給，祖母卻大方給我兩角。母親不准我上飯桌，祖母就把菜飯撥一碗，堆尖堆高摸索著拿給縮在牆角的我。炒著菜渾身大汗的母親轉過頭來，拿鏟子狠狠比劃。無聲的恐嚇。祖母看不見，我卻嚇得發抖。我看看母親，又看看祖母。接不是，不接也不是。後來我想，父親的處境是不是跟我一樣，夾在這兩個女人中間，左右為難？

父親離家，是因為工作？因為我？還是，因為母親？

每封給祖父母的信都以「親愛的××」開頭，父親也是。親愛的，這三個字讓我彆扭。我從沒對祖父母說過親愛的，那不是我們家人的說話方式。可是父親說，寫信就得這樣。想到祖父用客家話唸親愛的給祖母聽，我忍不住笑了，這三個字突然變得喜感十足。十幾年後，我在師大女一舍的擁擠書桌伏首寫家書，毫不猶豫寫下開頭：

親愛的爸爸媽媽，以及弟弟妹妹。

這是父親的教誨。反正，讀信的不是我，起雞皮疙瘩的，也不是我。親愛的，與我無關。

我轉來了

我家有個特別的規矩，回家的人進門得昭告天下似的扯開喉嚨喊：「我轉來了。」跟祖父母同住時，誰要敢悄無聲息溜進來，那就準備挨罵吧。鄉下房子大門常開，賊才會招呼不打。人在廚房耳朵塞滿炒菜打水聲一團忙亂時，前門仍然是那樣「歡迎光臨」的不設防，要是熟門熟路的小偷想進來摸走東西，一點都不難。

這條家規大概起源於祖母看不見，回家的那聲招呼是專門喊給她的，後來漸漸就成為慣例。祖母習慣大鳴大放，大概無法眼見為憑，常錯估聽話人的距離，有時我們就在旁邊，她卻突然拔高聲調喊人，常常把我嚇一跳。事後我笑她是突擊隊。什麼突擊隊？她問，灰濁的眼珠在半掀的棕褐色眼皮下循聲音方向滾動。我知道她再怎麼奮力睜眼也看不見我，看不見這世界。那麼，突擊隊跟她有什麼關係？

小時候我很樂意為祖母解釋世界，後來改以食物取代陳述。因為意識到過多與現實生活無關的語言和概念，對一個影像記憶還停留在六〇年代以前的人毫無意義，遠不如一包叻沙實在。我發現她對食物的慾望強過一切，她吃得淋漓盡致我卻難以下嚥，什麼東西卡在喉嚨讓我說不出話，也吞不下食物。

父親南下獨立門戶時，離老家八百公里，昭告天下的這條家規也跟著舉家南下。母親近四十歲時耳朵聽力出了問題，起初只是聽不見細微聲響，年紀愈大情況愈壞，後來用正常音量說話她仍然一臉矇查查，臉上寫著「溝通無效」，以致我們在家裡講話都學會自動調音。只要面對母親，不能用說的，得高分貝的飆。我們家人說話速度都快，飆話像飆車，又急又吵。初來我家的人常被吼得莫名其妙，有朋友問我，你們家半打女孩生得好模好樣，怎麼一開口個個像潑婦？

來了臺灣才意識到朋友的先知之明。大部分臺灣女生講話很秀氣，十幾年前師範系統的準老師們尤其是，對比之下更顯得我嘰哩呱啦的快腔怪調是南蠻學舌。慢一點，再說一次。剛開始總有人這樣說。你們馬來西亞人講話很好笑，我一開口他們就樂不可支，不必說笑話大家都笑得人仰馬翻。他們笑我也跟著傻笑，卻完全不知道笑點在哪。

印象最深刻的要數橡皮筋事件。我要樹膠帶，我說得非常慢，像吐珍珠那樣再次慎重從嘴裡吐出要求。朋友給我塑膠袋。不是，是樹膠帶，樹膠做的，一條條有彈性的。比劃，形容，詮釋。可以綁成一條跳繩的。幾番折騰，橡皮筋，我所謂的樹膠帶，終於要到了。她們所謂的塑膠袋我管它作「plastic 袋」。我的語彙裡沒有「塑膠袋」。橡皮筋是「樹膠」製的條狀「帶子」，有什麼不對嗎？

還有冰棒。我要去買雪條，誰要吃？聽的人幾乎齊聲開口，雪條是什麼？咦，就是雪條呀！再次比劃形容詮釋。吃雪條之後我從此改口叫它「冰棒」。

舌頭歷經十幾年改造，我終於說話正確。講起話來不快不慢，再也不像以前面對母親時，把話飆高飆快，除非極度火大。現在我跟別人溝通無礙，而且沒有閩南腔，常常被稱讚國語說得很好。我已經離開突擊隊和極速的世界，再也不必入門大喊「我轉來了」。

信耶穌得水牛

平均每隔七到十天給家裡打一次國際電話。通常挑父親上班，母親在家的時間。跟母親講電話常講出話題之外，要問的事最終成為懸案，不了了之。她聽力不太好，戴著助聽器也常雞同鴨講，我講的事往往被誤聽成另外一件，好像芒果接枝到蓮霧，白搭。

白搭有白搭的樂趣，母親擅長橫生枝節，加油添醋。她自有一套對付自己耳朵的方式，抓到一個依稀彷彿的句子，便順著那句子講得有聲有色。一個句子意外衍生出一篇小說，講到有趣處她在電話那頭大笑。我不好意思打斷，只好陪著哈哈哈，或者接她的話頭問答，以免她對自己的耳朵生悶氣。跟母親講電話就像看到「信耶穌得水牛」那樣，明明知道「水牛」是「永生」的錯誤，卻不說破，就順著水牛提到草原、陽光和雨水，或者牧羊犬之類的。母親會從草原陽光雨水領我走到湖泊，然後一個不小心，她又走岔了，於是我們愈走愈遠，各自迷失在電話兩頭。

我跟母親其實沒什麼話可以講。固定去電只是讓她知道不愛回家的女兒還常惦記著她。打了那麼多年電話，到現在她還是弄不清楚我的起居作息，最常問我這裡幾點鐘，吃飯了沒有，開伙還是吃外面，天氣如何。可惜她不知道蔡明亮是誰，每回看到《你那邊幾點》我就想，這可是母親的口頭禪，很想跟她說，喂，有人把妳最常講的話拍成電影，她要是沒聽岔一定高興呵呵呵。

電話接通第一要事得搶先大喊一聲媽，再提高聲量表明我是誰。有一回沒來得及說，她一接電話劈頭就罵，妳要去英國先結婚再去，哪有人沒結婚就跟男朋友出國玩的？接著是一頓冒火的訓話。小妹這回可賺到了。母親發飆後，第二次再訓人時火焰沒那麼猛，小妹笑嘻嘻傳簡訊跟我這擋火牆道謝。又有一次她把我當大妹，很不耐煩的急著掛電話，妳剛才不是打過嗎？又打做什麼？巴嗒一聲斷線。我握著嘟嘟嘟的電話，硬是把哽在喉頭的「媽」字吞下去。電話沒講成，我撥給大妹問原因，她說母親最近在抓時間看《大長今》，很入迷，沒心情煲電話粥。

我還是樂此不疲。跟母親「信耶穌得水牛」的講話方式讓我遠距離旁觀家人的生活，非常安全，沒有一個屋簷下同住難的問題。不必再為父親跟我迂迴曲折的相處方式嘆氣，母親原來明亮開朗的個性透過電話表露無疑。她實在是非常好的觀察員，從父親到八個外甥、五個妹妹、一個弟弟，以及所有在馬來西亞的親戚朋友，無論遠近，無一逃得過她的嘴。如果寫作，說話喜歡跳接的母親應該寫敘事詩，從剛走路的小外甥忽然跳接到我的童年，那些從沒在腦海裡出現過的情節，如今靠著國際電話拼湊成斷片。握著話筒我嗯嗯啊啊回應，一邊開始筆錄，收到繳費單時嘆一口氣，喔！好珍貴的童年。

只不過母親的「從前」完全興之所至，沒有時間順序，東拉西拉，要是她記錯，那我的童年也一併跟著錯。這很可能，七個小孩，總有記不清的時候。怪的是，面對面聊天時，母親奔放自在的聲音表情消失了，也許清楚的問答限制想像，便只能「信耶穌得永生」了。

流失的詞

有人問我離家半輩子，有什麼感想。

這種問法很像要我身世告白。感想當然有的，但是一時之間湊不起來，就算有話可說，三言兩語也交代不了。那些蟄伏的想法還處在浮游物狀態，亂糟糟的沒經過編排整理，哪裡能有什麼具體的感想？況且還得看情境和對象吧！在一些演講的場合，面對素未謀面的陌生人，前一刻還滔滔的評論別人，突然舞臺的探照燈掃過來，成為主角的我剎那間有些失神，不過，支吾一陣，也就打發過去了。

離家半輩子，不過就是剎那的失神。

失神之後，回返時間之河，才發現有些東西不知不覺流失了。流失的過程是如此緩慢，就像土石流，剛開始被沖刷掉的是表層沙泥，每次薄薄一層，等看到滾滾厚土挾砂石而下的驚心畫面，破壞已經成形，掏空的頹勢無可挽回。電視畫面裡的土石流有種傷心欲絕的神色，令人想到「傷到真皮層」，不是破皮那種擦擦藥、補補土就了事的痛徹心扉。有幾回我對著電話筒，想要搜尋出對應的客家話，卻終於吐出國語的時候，就真的有土石流嘩嘩而下、真皮受損的頹然。勢如江河啊。

我們家裡一直是雙聲帶，華語和客家話可以流暢切換毫無阻礙。跟父母親很自然的說客語，手足之間講的是大雜燴式的華語。大雜燴有一種話劇的誇張感，像表演者以十倍二十倍的感情強度在傳遞情緒。很多聲調的變化，很多「啦」、「的嗎」，「是嗎」說成「是咩」，方言大量滲入，客語、廣東話、福建話夾雜著馬來話、英語，以及一些印度單字，很像過年時母親常煮的雜菜——燒肉、白斬雞、蘑菇煮雞、豬肉吊片丸、排骨、大白菜，都是一吃再吃卻還有餘的年菜，全丟到一個深鍋裡，加入辣椒乾以及芥菜，煮出不分彼此的頂胏好滋味。日常用來吵架、說話或取笑彼此的華語就像雜菜，使用起來靈活自如，罵起人毒辣無比，根本不必勞煩中指。

剛來臺灣，不說話時有人以為我是原住民，我的馬來腔露餡時，大家一副「喔，馬來人」的領悟。還是會錯意。馬來人？馬來西亞華人？唉！只有我們在意。

大雜燴在本地同學耳裡是怪國語，很有娛樂效果。如今時勢不同，新馬來臺打天下的歌手多如猛龍過江，特別的腔調早已讓大眾的耳朵不以為怪。不少臺灣歌手還故意把發音弄得怪腔怪調，乍聽根本不知道他們在胡謅什麼，比外國人還像外國人。不過是失神的瞬間，字正腔圓的時代匆匆過去。

在臺灣的前六年總共回家兩次，可是在家人面前，我的雙聲帶切換流利得連自己都不敢相信。要什麼有什麼，沒有一樣物事講不出來，沒有一個句子遇到阻礙，隨心所欲流暢至極，那時候可是只寫信不講電話的時代，使用了十九年的雙聲帶完美的儲存在記憶的冷凍庫，遇熱融解之後，仍然保留著原汁原味。所有的語助詞、聲調起伏、事物的指稱方式無一流失，水土保持做得好極了。使用熟悉的語言放任嗓門大放厥詞，說不出的痛快酣暢。

後來便江河日下了，跟臺灣的土石流一樣無可挽回。這裡缺一角那裡崩一塊，我把國語拿去填補流失的客家話。聽得出來父親皺眉了。這頭握著電話的我，對著看不見的十八年，不由得失神起來。

明日黃花

窮學生時代為了省錢，隔幾年才返馬一次。現在很少回去則是拜電話之賜。臺灣一待十八年，前十年跟家裡單靠信件往返。不聞其聲時，時間和空間的距離感非常清楚，往往一件事情到我手上，已成明日黃花。萎謝的花沒有生命，我捧讀家書時雖不至於對花垂淚，卻也沒有抵萬金的喜悅，倒是常拿著信出神老半天，不免生出錯過的惆悵。

母親從未給我寫過信，父親則是寥寥幾筆，再重要的事到他筆下三言兩語便了事。妹妹們辭不達意，連我手寫我口都算不上，英文馬來文和錯別字一起眾聲喧譁，信當然寫不長。前因沒有後果，或者截頭截尾，剩下中間，同樣一件事有時得從兩三封信再加上我的想像拼湊出大概。「看在妳是我姊的份上」，每封信我都讀出這句沒寫來出的心裡話。一封信反覆讀上許多遍，收起來時總有些悵然若失，啊，就只是這樣而已呀！我不在家的這些日子，海那邊的生活就那麼幾行字給輕易發落，剩下的全蒸發了。

外祖父過世時我大約念大三或大四，父親的信很簡單：「妳外公上星期走了，我和媽媽帶怡蘭阿偉回美羅奔喪，怡秋她們都沒去。」幾句話提綱挈領，不帶情感，省略過程和故事。父親「告知」我，外祖父過世了。那麼，過世之前呢？生病嗎？怎麼過世的？母親的感受？最後一個問題當然很廢話。可是完全沒有細節，有那麼幾秒鐘我處在情感真空狀態，不知道該有什麼反應。許多問號晃來晃去，怔忡著談不上難過，甚至找不到辭彙形容心情。

電話取代寫信之後我終於明白，那是因為沒有繪聲繪影。有聲便有影，聲音傳遞情緒和表情，讓遠在三千里外的旁觀者產生臨場感。長久以來因為習慣用電話處理事情，我對聲音的變化非常敏銳，靠著句子與句子之間的聯絡和呼應，總能很快捕捉到對方細微的情緒起伏和轉折。我能循聲音來到現場，就跟面對面聊天一樣。

最愛在年初二打電話回家，體會出嫁的妹妹們跟父母親闔家團圓，熱鬧到快爆炸的氣氛。有時講一次電話要中斷好幾次，那頭不時要停下吆喝玩瘋的小鬼頭們安靜一下，「比我們當年七個還要多一個，而且有五個皮到出汁的男生」，妹妹提高聲量大吼，背景音樂是尖叫追逐伴隨著死命哭號的童音。

嘿！收音很好，實在太有現場感了，有時甚至能夠分辨出哪一個小鬼在吼，妹妹用了非常生動的形容：「皮到出汁」。廣東話的「出汁」兩個字很形象。水果放到出汁，是不是熟透透？沒錯，就是調皮透頂，廣東話講起來還有那麼一點很抵死的趣味，國語硬是少了那種穿骨透肉的神髓。「如果妳在家，一定瘋掉。」不論哪一個妹妹接電話，一定有這兩句，可以想見她們鬆一口氣的神色。

幸好。如果我在，她們還得邊吼小孩給我安靜，邊偷瞄她們的大姊什麼時候會抓狂，耳根子清靜慣了，很難想像被八個小孩子疲勞轟炸的慘烈戰況。不過，不會有如果的。遠距收音多好，掛掉電話，立刻遁回自己的空間。

可惜的是，打電話如船過水，而前十年留下的三百多封長短書，花屍也罷，花魂也罷，再怎麼明日黃花，終究留下了歲月的痕跡。

輯二：在那遙遠的地方

通往新村老家的路。（攝於二〇〇五年）

右邊的門是新村老家的廁所，印度人每天來挑糞。左邊是雞舍，祖母失明了還能養雞。（攝於二〇〇五年）

新村時期的老房子，六歲前我住這裡。房子右手邊是柴房。
（攝於二〇〇五年）

油棕園的第二個家，在斜坡上。（攝於二〇〇五年）

第二個家附近的候車亭，我每天在這裡等公車到市區上中學。
（攝於二〇〇五年）

油棕園的黃泥路，右邊階梯上去是油棕園的
第三個家。路的左邊是油棕園。
（攝於二〇〇五年）

無盡的油棕園，是綠色的囚林，囚禁了青春，也滋養我的生命。（攝於二〇〇五年）

油棕園家的老紅毛丹樹。（攝於二〇〇五年）

女生的願望

從小我就想當男生，非關性別歧視，非關大人期望。大人原來非常渴望頭胎是男的，因為父親沒有兄弟，長孫要是男生，大家都會鬆一口氣。可惜不是。期望落空的大人雖然有些失望，不過，畢竟是鍾家在馬來西亞落地生根的第四代第一個新生命降臨，大家還是歡歡喜喜的「迎新」。況且我的落點不錯，剛好在華人新年前三天，喜上加喜。滿月時，祖母帶著未婚的四個姑姑醃喜氣的紅薑紅木瓜絲、染紅蛋，整個村子挨家派送。那時從廣東梅縣南來的曾祖父母還健在，母親說她每天得把我抱給兩位八十好幾的老人家看，行動不便的兩佬非常疼愛我。

阿秋阿芬就沒你好運。母親搖頭，那時一聽又是妹，大家都不講話。阿美一生出來，我自己就先哭了。叫阿尾（美跟尾同音），還跑出阿珊，柵（關）都柵不實，還有阿蘭。好采（幸好）攔得住，不然我要跳河了。我沒有你大堂嫲那麼勇，一連生七個女兒，還敢博（賭）出兩個兒子。這些話母親反覆講，我簡直倒背如流。不太高興的是小妹，她把過錯全算到小弟身上。都是阿偉害的，叫我阿蘭，俗氣得要死，賣豆花、賣豬肉的全叫阿蘭，豆花蘭豬肉蘭滿街都是，你們還敢叫我好婆（愛美）蘭。

性別會牽扯出一連串笑淚夾流的心酸史，婆媳妯娌的家族故事。不過，這些並不影響我的選擇，我想當男生，完全是自己的主意。大概四、五歲，跟男生打架開始；懂得家以外，有一個無限大的世界特別迷人之後。這輩子當不成，下輩子。如果有下輩子。

我並不愛鬥狠，打架實非得已。架打輸挨了揍，回家還得再吃一頓雞毛帚，連本帶利，怎麼算都划不來。祖父和父親在錫礦湖工作，一周回來一兩天，祖母看不見，忙裡忙外的母親最怕小孩生病或出事，因此母親給我們的「野」是有固打（quota）的。爬樹、打架、近水邊全在禁止之列。爬樹和玩水都很迷人，打架嘛，誰願意皮肉骨受傷呢？然而總有玩過火了，被挑釁，逼到嚥不下那口衰氣時，推對方一把，如此一來一往，弄假成真。打架的對象都是平常一起野的夥伴，玩得起勁一時口無遮攔。

那些玩笑話踩到我的痛處。

譬如那三兄弟。老么嘴上總掛著濁黃的鼻涕糊，袖子永遠抹得黃綠黃綠，有時他吸不回去那勢如破竹，挺噁心的伸出舌頭舐掉。有一回我們找「豹虎」找到同一叢灌木裡。豹虎是一種會打架的黑蜘蛛，抓公的，母的沒有「鬥」志。上品是頭大身小細腰身，兩隻長長的威武前腳，一見到對手就擺好挑釁架勢，撲上去準備幹架。一個火柴盒收一隻，鋪片綠葉，吐點口沫餵牠，讓牠乖乖聽話努力廝殺。

那陣子連做夢都夢見尋獲天下無敵豹虎王，做掉所有對手，夢裡得意快意的笑，嘿！打遍天下無敵手的滋味真好，即使只是做夢。對豹虎著迷的幾乎是男生，我是那少數執迷不悟的女孩，他們很不以為然。丟沙包，抓石頭，跳房子，或者拋汽水蓋才是女孩的事，學男孩子抓什麼豹虎嘛？只要我的豹虎讓對手落荒而逃，鄙夷的嘴臉立刻就出現。我踩到他們的地盤和薄弱的自尊，撈過界了。

那天三兄弟和我碰到一起，先就有了較勁的意味。我和鼻涕蟲幾乎同時發現番石榴葉背面那隻好傢伙。黑眼金星，好大一隻。你搶我奪之際，牠趁隙逃走了。兩人都不爽，互嗆對方。本來沒動手，他叫我讓開，行開！死妹仔。歧視的語氣極差，斜眼兼白眼，手肘揮一下。擦槍走火就在一瞬間。我第一次打架，一團亂。拉扯，痛，而且臭。他身上有水溝的味兒。他還朝我吐口水。同妹仔打架，你有冇搞錯？被他哥哥拉走時，撂下這句惹火的話。一顆石頭從他們耳邊擦過，氣壞的手丟偏了。惹來一場更凶猛的扭打。我打輸了。

這就是當年我想當男人的理由，非常無志氣。非常不女性主義，非常之，孬。

老大的質地

從小我就很不安於室，家裡困久了便覺得苦悶，非得出門。母親見我在門邊磨蹭，就開始唸，妳屁股尖的嗎，啊？還是屋裡的凳長刺？我的行為模式不像老大，倒像是被野放慣的牛羊，一進圈欄就蠢蠢欲動。老大多半都得待家裡，等大人吩咐工作，或者帶更小的小孩。那時候很羨慕大人成天在外工作的鄰居孩子，沒人管，自由得跟野狗野貓一樣，四處遊蕩閒晃，從沒人在意他們幾點出門幾點回家，幾點該吃飯，有時他們就順便在我家午飯或點心。我母親招呼別家孩子吃東西，卻不准我們上別人餐桌。沒家教。人家沒大人，你家沒有嗎？

外面的世界多有魅力啊，即使帶著令人行動不便的小小孩。最早夾帶的是老四阿美。我才五歲，阿美剛會爬，學大人把小孩夾在右腰，右手攔腰一托，左手再環抱過去，構成人肉安全帶，就那樣顛啊顛的顛到外面去。畢竟是小孩，重心不穩，於是為了平衡總是整個人往左邊斜斜傾去。在傾斜的世界裡，照樣玩得昏天暗地。

我不是個別案例，那年頭有一群跟我一樣的老大們。長大後的老大們有一個很不科學的共同特徵：矮個子。被抱的弟妹們長成巨人，抱人的身高給壓垮了。我們家七姊弟一字排開，身高和排序成反比，愈小愈高，小鬼把大的當墊腳石往上竄。最過分的是小弟，長成一八〇，比墊腳石足足多二十公分。

老大的命運。身高被壓縮，生命也壓抑，想的永遠比說的多。很少跟大人要求什麼，因為習慣被要求。久而久之，提煉出一種兩極性格，剛毅，或者偽剛毅。偽剛毅最麻煩，外表看來慓悍，實則非常脆弱，或者更麻煩的，又慓悍又脆弱的撕裂者，多半個性敏銳。這種人深具瘋子的潛能和特質。可是也有人說，呃！好像也是某個天才說的，瘋子和天才，一線之隔，一體之兩面。我呢，瘋子的可能性大些，從玩耍就知道。

完全忘我，拋開老大的命運。帶著小小孩也水裡去。有一陣小孩子都在迷兩點麻雀。兩點麻雀不是鳥，是一種尾側長著對大黑點的紅黑色小魚，養在玻璃罐裡當寶一樣，熱切的眼睛總在等待母魚繁殖再繁殖。

養魚先得抓魚、抓紅蟲。魚在溪裡，紅蟲長在水溝裂痕裡。

抓魚時派兩三個老大守小小孩，剩下的全下水，這樣萬無一失。看著別人的小腿浸在清涼的水裡撈起魚，簡直手癢難耐。陽光下的溪水令人暈眩，銀白的刺眼光塊閃呀閃，站在冰涼的水裡，總有那麼幾秒，腦海一片空白，水和聲音瞬間消失，成為停頓。現在我站在高樓往下望，也常有莫名暈眩襲來，然後，不明所以的短暫空白。我分析那抽離的狀態，其實包含下墜的無重力感。迷失感。欺身的危險。

這兩者的感覺非常相似。在水中，在高處，時間停頓的剎那。好像窺伺的眼睛睜開了一條細隙，又懶懶的閉上。時候未到。時候到了就直接裂一條縫，把人吞掉，繼續鐘面時間，世間生活，密合得若無其事。那是「消失」的狀態。直到現在，那種感覺仍然令我害怕又疑惑。

還是抓紅蟲令人鬆一口氣。因為髒，和臭，讓人有存在感。一團團的細紅絲藏身青苔水流間，俯身下去，腐敗的氣味熏得人特別清醒。總是想快點抓完走人，不像溪水令人迷戀又迷惑。

無論怎麼玩，都得分神盯緊小小孩，千萬不能有萬一。我見過小小孩墜井的意外，那種粉碎世界的衝擊力道，即使身為局外人，站在遠處，仍然被震撼得不能言語。餘震蕩漾一輩子。絕對不能萬一。剛毅，或者偽剛毅，也許就這樣鑄成了。

村兒們

從前我們很愛問你最喜歡什麼最討厭什麼。從提問就知道，那時候的世界可以簡單二分，好或壞，黑或白，立場鮮明一切易於辨識，最喜歡最討厭都有直接的答案。我記得其中一問是：你最喜歡什麼節?立刻有男生搶著說，新年。中秋節，有月餅吃。喜歡中秋的小學同學是常常出風疹的翠蓮。難怪妳的臉像月餅。翠蓮有張大圓臉，男生因此戲稱她初一十五。可是初一十五在廣東話裡指屁股，象形兼假借。翠蓮是福建人不懂粵語，不過還是很清楚捕捉到話裡的戲謔和嘲諷，給對方一個凶狠大白眼，吃屎啦你。咬牙切齒的福建話。皮男生邊笑邊跑，初一十五生氣囉。

皮男生和翠蓮住一個新村。新村孩子的新村特質，非常易於辨識。他們是村兒。

村兒們的家長多半忙著幹活，種菜養豬，要不就割橡膠，因此沒空打理小孩。村兒校服皺得像鹹菜，洗好就直接穿上身。喜歡穿膠鞋，因為不必上白鞋油。上衣微微泛黃，沒漂白的緣故。衣領沒特別刷洗，長年積累的歲月污漬牢牢圍著脖子。領尖不乖，老翹起一角，因為沒燙，而且摺衣服的人沒順手拍平，或者根本沒那心思兼顧這些小細節。後頸那塊領子常常忘了翻出來，沒人會幫他們仔細檢查儀容。上學時沒大人叫起床，能準時衝進教室就不錯了。通常早餐來不及吃，升旗時一站久，一個兩個咕咚倒下。有時甚至沒洗臉刷牙，臉上猶有昨夜夢痕的，我的村兒同學們。

村兒的母親在他們還做夢時便摸黑出門。如果家裡人口眾多，總有幾個手足讀到小學畢業，或初中即輟學，很早結婚。有些村兒輩分很高，姪兒外甥好幾個。有一對是舅舅和外甥同班，生日同一個月。舅舅排行十四，老么。外甥叫姚順龍，他就是那個老找翠蓮麻煩的皮男生，母親稱這種人「撩神弄鬼」。

甥舅當同班同學這事讓我印象非常深刻。換成在我家，不就是外婆和母親同時懷孕，同時坐月子，又同時發紅蛋？這個假設好笑又不可思議，光想外婆年紀那麼大還挺個大肚子就很滑稽。母親說，就是這樣他們家才能養鵪鶉，醃皮蛋，「生」意很旺嘛！他們家的鶴鶉皮蛋確實非常好吃，從老師到學生都是他們家的客戶。同學之間謠傳那好吃的祕方是馬尿。甥舅對此倒是口徑一致，他們只負責收錢，馬尿嘛，不知道，去問家長。某位老師的藤條打人從手心痛到心臟，聽說就是因為浸泡過馬尿，學生見到他像見到閻羅王。馬尿呢，來自姚家。也是聽說。

翠蓮做阿姨了，她有十個兄弟姊妹。女生愛乾淨，穿舊的白衣服發黃又變短了，還是整潔得很。她非常好奇我的上衣為什麼白得發光。用藍碇。母親教的，油棕園的自來水微黃，白衣洗久了帶土色。我非常討厭那骯髒的灰塵色，小四時就懂得浸泡衣服時放點藍碇，因此白衣總泛著森白藍光。結果翠蓮把白衣洗成淺藍。第一次，不懂拿捏分量，漂白變成染色。

翠蓮愛哭，而且常發風疹。莫名而頻繁的發作，來勢洶洶的紅疹，又腫又癢，常由我陪她回家。她住大象村，離學校不遠，走路十五分鐘。我原來也是村兒，新村，可熟悉了。果樹，木板屋，亞答屋頂。鳥聲豬叫聲，石子在腳底碎裂的劈啪聲。沒糊石灰泛著潮味的土坋地板。豬味，餿水味，膠片酸腐味，陽光蒸出來的樹葉青草味。豬寮就在她家斜對面，熱風送來的，濃烈的村之味。

歲月久遠的氣息。是非對立，色彩鮮明的時代。回首，一切都模糊了，像一件蒙
灰變皺的白上衣，微微泛黃。

早餐和馬桶

早餐有時怎麼吃都沒飽，無論塡再多食物再營養，沒飽就是沒飽，即使把肚子撐破都沒用。要是有碗老鼠粉或雲呑麵就好了。嗯，**roti cenai** 或者牛油 **kaya** 塗麵包也行，要不，油條咖啡烏（kopi o）也行。嘴裡嚼著的食物絕對比這些營養，可是我就是想吃，愈想愈饞，吃不到尤其饞，我不餓，只是形而上的慾望在張牙舞爪。

其實從前我不挑食，桌上擺什麼吃什麼，有時喝一杯巧克力加煉乳，兩個半生熟水煮蛋就打發了。只有對油條跟咖啡烏沒什麼好感，這古怪組合就祖母愛，吃到嘴裡是鹹甜苦的味覺大攪和。沾過油條的咖啡烏漂著晶亮油花，湯水浮幾朵油花是應該也合理的，浮在咖啡上可就怪異了。

馬來西亞的咖啡都炒過，帶點焦澀的香，味道尖銳個性蠻橫，愛的人一往情深，不愛的一聞就皺眉。帶點鹹的油條味一中和，味道經過平衡折衝，咖啡的口感沒那麼銳利刺激，柔和順口多了，也不像加過煉乳的厚重甜膩，味道其實並不討厭，我常常將就打發肚子。祖母極嗜油條蘸咖啡烏，新炸好的酥脆油條在滾燙的咖啡烏裡浸得半軟，吸飽黑咖啡的油條像蘸過墨汁，她就在墨汁滴答中，邊吹氣邊往嘴裡送，吃得很有滋味。油條吃完，她把油花滿布的咖啡咕嚕喝完，嘆一大口氣，抹抹嘴角，坐直，打個嗝。

早上嘆盅咖啡，龍馬精神。祖母搖著她的竹扇子說。「嘆」，即享受，祖母常說她命水不好，那麼年輕就瞎眼，沒機會看世界，「嘆世界」沒眼睛，一點樂趣都沒有，況且她一聞到汽油味就吐，每天睜開看不見的眼睛，最期待早餐泡壺咖啡配油條。她還分半杯餵那隻喜歡蜷縮在碗櫥上的大公貓。這隻灰斑貓嘆完咖啡也龍馬精神，立刻開工。牠的戰場在老鼠橫行的柴房，有時叼了老鼠在屋梁上奔跑，三兩下躍落天井，打回的獵物先玩個你死我活，再往貓碗一放，轉身去磨蹭祖母的腳，喵嗚喵嗚要祖母驗屍記功。

祖母吃完早餐打井水漿洗衣服。她堅持要自己洗衣，衣服用熱水燙過再上漿，碗盤也要過熱水，天天掃地洗地，再餵養幾十隻雞，有的野放，有的關籠子。那些雞肥的，嘖！皮下一層黃油，一隻雞扯出肥油一大碗，炒飯炒菜省省用上好幾天。阿婆，妳是故意雞養肥肥炸油用是不？祖母得意的笑，露出一顆金牙。有時她會從雞籠子扯出一隻雞問我什麼顏色，丟回去，再換一隻。又換一隻。妳怎麼知道哪一隻是哪一隻？她說她就是知道，眼盲的人心知肚明，什麼都清楚。後面兩句話分明話中有話，她提高聲量特別喊給母親聽的。

那些雞每隔一兩個星期她就拎出來掂重量，有時我選好時間早早就在緊貼著雞寮的廁所蹲著，偏偏祖母也挑那個時間餵雞。雞又飛又叫騷動得太厲害，我只好出來，心想今天真倒楣，待會兒好運氣，說不定上到一半就遇到挑糞的印度人來抽糞桶。好幾次我聽到印度父子的談話聲接近，立刻草率了事狼狽奪門。有幾次逃晚了，看到印度人的大黑手像鬼手一樣，慢慢從下方伸出來。

其實我頗得祖母真傳，潔癖得祖母功力二三成，動植物一經我手多半有肥無瘦，得四五成，長相和個性尤其像。唯有咖啡我不愛，父親卻一日沒咖啡不行，沒酒也不行，集祖母和祖父之大成。我從樣貌到個性沒得母親半分，難怪小時候一被母親打，我總是大哭大叫喊八百里外的阿婆。母親一聽就光火，妳是阿婆生的嗎？啊？死轉去萬嶺養雞。

如果不必蹲那個馬桶，養雞有什麼不好。又痛又淚中，我竟然冷靜的這樣想。

紗籠與繩子

每回聽到別人唱搖啊搖，搖到外婆橋。我就會自動把句子換成搖啊搖，搖到腳斷掉。搖，讓我想到可憐的腳，苦命的腳趾頭，因為我用腳來搖弟妹睡覺。

這得從搖籃說起。馬來西亞的搖籃其實應該叫吊紗籠，就是馬來人穿的紗籠，像掛衣服那樣橫掛鐵架子，鐵架吊在彈簧上，彈簧則倒勾固定天花板的垂繩。只要家有小孩，都有一付這種不占空間的裝置。吊紗籠睡起來透風又涼快，小孩頭形不受壓迫渾圓飽滿，一副頭好壯壯的福相。尿床了好洗好換，換條乾淨的紗籠便是。

自我有記憶起，家裡從沒缺過吊紗籠。我可憐的腳，直到升上高中，才擺脫搖小孩睡覺的折磨。為了省事省時間，我在紗籠架上綁條細布或繩子，一端夾在兩趾之間。手呢，騰出來讀小說報紙或者寫作業。搖紗籠的技巧，腳可是掌握得一點都不比手遜色。有時在涼風中搖呀搖，那固定的搖擺和節奏，竟先把自己催眠了。

當然也有「失腳」的時候。寫錯字時使用橡皮擦，因手力過猛，連帶腳力大增，倒楣的小鬼於是上演衛星撞地球。頭碰水泥可是擲地有聲，從哭聲的強度判斷，那顯然非常非常痛，甚至有輕微腦震盪也說不定。小弟從小不愛念書，每回被父親拿來跟大姊比較，他一定強辯，大姊比我聰明。如果時光可以倒帶，他大概會說，大姊把我撞笨的。

小弟實在是個難伺候的傢伙。妹妹們三兩下便乖乖入睡，他不行，睡著了還得繼續搖，大爺得很。只要一停，立刻放開喉嚨哭鬧，我對他特別不耐煩。心情不佳力道容易失控，他的頭很可憐的常有跟地板接吻的機會。我埋首寫作文，算習題，對小弟的抗議哭聲渾然無聞。

祖母比我更絕。搬離新村那年，老房子裡同時有兩個吊紗籠。四妹一歲多，五妹幾個月，母親把兩個小鬼哄睡出門辦事或買菜，我趁大人不在偷溜。祖母細心，常伸手去探孫女衣服有沒有掀起來，摸摸屁股有沒有尿濕。就有一次，我前腳才進家門，祖母便喊我。過來一下，妳媽好像放條繩子在紗籠裡。祖母把「繩子」抓起來。

是條活繩子。足足一呎多長的肥軟蛔蟲，就在祖母手裡邊鞦韆，白嫩色澤跟祖母粗黑的手，形成強烈對比。祖母要是眼沒瞎，這千載難逢的畫面，肯定畢生難忘。我每次回想，仍然頭皮發麻，全身起雞皮疙瘩。那要命的一刻，祖母竟然握著蠕動的蟲身，冷靜的數落起母親來。妳媽沒心帶小人，鷓鴣菜一定忘記給阿美吃。難怪阿美長不高，滿肚是蟲，吃雞吃鴨吃什麼都沒用。蛔蟲持續在她手裡掙扎晃動，我快吐了。死鬼肉酸（肉麻）啊阿婆，快點丟掉。祖母竟然不慌不忙也不噁心的往天井走，往外一扔，雞隻全歡叫著鼓翅過來啄食。蛔蟲瞬間化為下回我們餐桌上的白斬雞。

祖母很當一回事的跟鄰居討論蛔蟲打哪鑽出來。嘴巴啦。有人說。哎呀，可能是鼻子。不過，耳朵也是有可能的啦。見怪不怪的語氣。我的鼻子跟耳朵立刻有點癢。

多次目睹蹲溝渠邊解放的小孩，因解不下來的蛔蟲而號啕。長條之物在眾目之下要掉不掉的懸在出口乘涼。牠大概跟小孩一樣無助吧。家長從廚房找出火箝，就那麼唰的一下，蛔蟲入水。火箝還是火箝，繼續放回灶邊添柴火。小孩抽泣著完事，然後吃一包鷓鴣菜。這種除蛔蟲藥粉微酸，綠色。大自然裡的蟲子不都吃綠葉嗎？肚子裡的想當然耳也愛綠色之物。吃完，就等著蛔蟲從肚裡被驅趕出來，跟世界打招呼。

搬離新村，也就告別蛔蟲年代。因此得出結論，新村的衛生條件確實很差。在油棕園出生的小妹和小弟長得牛高馬大，都沒再吃鷓鴣菜。被蛔蟲驚嚇過，有時我會突然神經質地張望紗籠張望我辛勞的腳趾頭。從人之竅爬出來的肥軟之物，該不會偽裝成拉繩，夾在兩趾之間，朝我扮鬼臉吧！

請往生淨土

我沒殺過雞，也沒剖過魚。以前在家時，操生殺大權的是祖母或母親，我只敢在旁邊幫點無關緊要的忙，遞碗遞塑膠袋，或者把去掉內臟的肉品提到砧板上，把天井的血漬沖洗乾淨。拔雞毛、倒提雞隻放血是最大極限了。我並不怕血，但是要把刀子抹在活蹦亂跳的雞脖子上，還是沒那個膽。再來沒練就一刀斃命的本事，死亡會變得慘不忍睹，非常受罪。

拔毛是我的差事，於是等待雞隻斷氣，全程目睹雞隻一點一點放棄掙扎的過程，也成為我的例行工作。五、六歲的孩子對殺生沒有太多複雜的想法，甚至說不上罪惡感，只是覺得不舒服，更想快些完成大人交代下來的枯燥任務，離開血腥廚房出去玩。最怕過年時，四個刀功不好的姑姑回家團聚。她們任何一個殺雞我都很痛苦，不，應該說倒楣的雞和我，我們都很痛苦。她們把死亡放大，把臨死前的掙扎拖得很長，讓我逼視殘忍。

殺雞前要拔掉脖子下一撮毛，象徵儀式的開始。刀功了得的一刀見血，這是殺雞的最高境界，也是雞的福氣。割喉戰講究快狠準，祖母和母親都在行，可是姑姑們功夫不到家，割喉戰變成拉鋸戰，讓人心驚膽跳。像鋸木頭一樣她們邊鋸邊埋怨，這雞脖子怎麼那麼韌，拉不斷，阿媽妳養的雞老水過頭，肉一定不好吃。祖母這時就會反駁，算準過年才養的，剛剛好，哪會太老？可憐的半死的雞，臨死前聽到的不是往生咒，而是女人們的肉質品評，死後還得再輪迴畜生道吧！

割喉戰之後得放血，碗裡擱點鹽，好讓血凝固快些。凝得漂亮的像嫩滑的紅豆腐，吹口氣還微微顫動，可真是吹彈欲破。這時候雞還沒死透，生命力強悍的猶在濕漉漉的天井水泥地上跳動掙扎，若非翅膀已經在雞背交叉扣緊，還能飛。小姑有一回放完血把雞一扔，沒想到牠竟還魂一樣就在井水上頭飛了幾下，差點墜井，嚇得我們大叫，狗跟著狂吠。不知道狗眼是否看到完全透明體。等到雞隻動也不動，滾水澆下，才算禮成。就剩下拔毛了，那是我的事。

我非常厭惡死雞生肉味，小時候不懂得形容，等我稍長，開始接觸文學，漸漸能夠透過文字去感受那種嫌惡，那渾沌的厭惡於是有了形狀和感覺。從雞毛和肉體中逸出熱氣腥膻污穢，我蹲在那裡，覺得被一股黑色的怨氣包圍。歷經痛苦死亡滲出來的，令人墜落或下沉的力量，骯髒而混濁。發熱的肉體卻沒有生命，多麼詭異。

有一段時間我無法吃肉，大概是小六到高中，一吃就胃痛。像是一種具暗示意義的懲罰，吃進去的雞肉變成滾燙石頭，它在胃裡翻轉，它摩擦胃壁，它的體積不斷不斷腫脹，最後奪胃而出。死了還有頑強的逃生本能，我捂著胃，覺得心也有點痛。

只要屋旁有空地，母親便養雞。我餵食，卻不希望雞隻回饋我，母親常說我「有得看冇得食」。想到雞肉會變石頭，我一點都不想吃。她殺雞每回都命我在旁觀摩，耳提面命講授細節像傳授獨門祕笈，我拖到來臺灣為止都沒有動刀的勇氣，乃得全身而退。我的殺戮經驗主要來自打蚊子。

市場的雞販把雞丟到機器裡，一陣攪動，出來的雞隻肉體白淨，沒有割喉戰沒有冗長的拔毛過程，感受不到血水四濺的殺氣。不過恰巧目睹行刑時，心還是會絞一下，彷彿許多滴血的雞在天井無聲掙扎。這些年迴向給牠們的往生淨土陀羅尼咒，不知道牠們收到沒有？

野睡的滋味

不吹冷氣的臺灣夏天簡直人間煉獄。有幾天從落地窗灌進滾燙的風，混合了刺鼻土味跟陽光的燥鬱之氣，製造出難忍的熱臭。附近的農人養豬兼種菜，就地取肥，好好的田野風光底下包藏污染的惡土。

火舌持續從紗窗的孔眼竄入，皮膚被熱火貼著狂吻，人在高溫的臭鍋裡慢火燉著。我渾身無力，喉嚨很乾，想吐。中暑了。要是有塊涼涼的泥地躺一下就好，要是有人拿個雞蛋給我滾滾皮膚出點疹子也行，有條冷溪冰鎮一下更好……。拿起刮痧板在脖子有一下沒一下的刮，喝水，在痛楚惡臭的煎熬中孵汗。對付熱我用的是土法，非不得已不吃藥不看醫生，避用冷氣，我喜歡自然散熱。

從前就是這樣。那年代馬來西亞電扇不普遍，更沒冷氣，通風的房子請進一篷篷熱氣，從四面八方匯到天井，晒了一上午的水泥地真不是蓋的，赤腳踩地，會唬地跳起來，滾燙的溫度連粗糙的腳皮都投降。貓狗全蒸發了，各自尋找午寐的天堂避暑。灶上如果還煮著綠豆、白果腐皮或六味糖水，廚房便成了熱的中心點。香甜味在熱氣裡似加倍地膨脹，等得人愈加心浮氣躁，我常等不及去掀鍋蓋，聞幾口解饞。祖母不午睡，說身體一放平，熱氣全「焗」出來了，醒來會頭痛。她沖個涼，拿把扇子陷進藤椅，頭一直點。點醒了揉揉太陽穴就去看火，順便打水灑地。落地的水滋一下化成水氣，好熱好熱的天哪！

實在抵不住瞌睡，我就拎著麻包袋找塊濕涼的樹蔭席地而眠。在自家的床上總睡不穩，一來熱，二來祖母不讓久睡。睡半飽跟沒吃飽一樣痛苦，乾脆挑棵大樹睡他個地老天荒。房子四周圍著密密實實的大樹，有用沒用的沿著大溝一路蔓下去，長成一大片密林。按照祖母的分法，打果（結果）的如紅毛丹、水蓊（蓮霧）、芒果、尖必臘（菠蘿蜜）、人參果就是有用之樹，沒用的當然就是不結果的。人也一樣，賺錢的人有用，好食懶做的就沒用。她手指點一點隔壁，大懶蛇一條。我知道她說的是錦清伯的二兒子。好可惜，那二兒子長得一表人才，中學沒讀畢業，不上學不做事就窩家裡，閒閒沒事騎腳踏車逛大街，有一下沒一下半踩半滑行。有時我見他在尖必臘樹下躺成大字，只好悄悄把自己的家當帶回。

然而我實在喜歡野睡。空氣裡爛熟或甜熟的水果混合出頹靡醉人的香味，像酒。樹林地落葉野草鋪得密密實實一層，底下是潮潤涼快的黑土，黑土裡肥碩的蚯蚓和雞母蟲，以及無數不知名的蟲子在蠕動。土味、麻袋味、樹葉味，調和著水溝的腥味，幾聲鳥鳴，幾陣風吹樹葉沙沙沙，很快就沉潛入夢，難耐的悶熱午後不知不覺中走遠。飽睡之後一碗熱糖水甜甜下肚，就是金不換的美妙人生。

野睡最怕螞蟻。有一次耳裡轟然作響，我觸電般竄起，狂奔回屋求救。螞蟻想必跟我一樣慌亂，牠在耳洞裡查查查鑽出巨響。母親厚實的手掌摀住我耳朵，另隻手拿電筒在遭殃的耳邊引蟻出洞。她的嘴湊在我耳邊，說起話來嗡嗡作響，這麼野要死了，女孩子睡覺睡到外面去，有沒有家教，啊?祖母的嘴也沒閒著，她說什麼不好睡睡地泥，地氣鑽進身體，老了風濕，跟氣象臺一樣，下雨前就這邊痛那邊痠。

聽起來很遙遠，我沒當一回事，何況野睡滋味賽神仙。

不過，薑是老的辣，祖母的先見之明倒是應驗了。不到三十，都還沒老呢，我先就得了風濕。春雨綿綿時大家忙著賞花，我忙著被風濕折騰。等到天氣轉熱，手腳不痛花也早謝了。

還是熱天好。

虐待舌頭

我跟大妹長得完全不像，不主動介紹從沒人當我們是姊妹。唯一被猜出那次，是因為辣椒。那天我們放學後約在居鑾的舊巴剎（pasar，市場），她穿白上衣天藍色背心裙的政府中學制服，跟天氣一樣明亮晴朗。我則一身白衣白裙的獨中校服，書包裡藏著的 **T-shirt** 還沒來得及換上，深藍色學號很招搖的繡在白衣上，像隻怪眼。

大妹點了咖哩麵，紅豔的辣椒油映著平靜的天光雲影。這碗麵的深厚內功絕對不容小覷，不過，它碰上高手了，大妹吃一口，嫌不夠勁，抓了桌上的醃青辣椒傾下大半，乍看以為咖哩麵灑了一層蔥花。雲吞麵上來時，我趕快把剩下的小半瓶全鋪到乾麵上。就在這時，我的同學經過。她指一指我的麵，露出昏倒的表情，大叫，妳吃辣椒還是吃麵？再瞄一眼正埋頭苦幹的我妹，說，妳妹妹？一樣辣！她的手指在兩碗麵之間點來點去，如果我是老闆要算辣椒的錢。

不是長相，是吃相讓我們的關係露餡。母親說誰誰強迫斷奶的方式是在乳頭上抹辣椒，只一次，小孩就戒奶成功。這招對我們家的小孩沒效。母親嗜辣，懷孕餵奶仍然大辣小辣照來，我們打從娘胎便開始吃辣。抹辣椒？應該適得其反吧。

我家空地上總栽幾株指天椒。小小的沖天炮，火力十足，母親叫它米仔椒。就那麼三、四株，每天可以掐上一大把，吃麵疙瘩時大辣椒切一碟，米椒一碟，倒點醬油拌一拌，又熱又辣吃得淚汗狂飆，舌頭像打過麻藥，話都說不出來。祖母邊吃邊唸，舌頭別吞下去了，賤骨頭。唉，那天氣，即使舌頭吞下也不能不辣，那麼熱，沒辣椒怎麼下飯？遺傳到醉鬼的壞習慣啊，像死你公。祖母翻著眼白下評斷。

說起祖父啊，他的段數可高了。不喝酒時他是家裡的大廚。大廚很有架勢，一手夾菸一手炒菜，等菜盛碟時他順手抄起辣椒蘸鹽巴，喀支喀支像吃脆甜的小黃瓜。辣椒醒酒又醒腦，這是我的結論。能辣的菜都盡可能辣了。辣椒炒酸菜。豬腸煮薑絲又酸又辣，還要撒紅絲。蝦醬炒空心菜，隨便都能夾到豔紅的辣椒段。有一回吃著吃著祖母就哭了，說祖父存心要辣死她。我們把辣椒挑出來，她還是雪雪喊辣，要我們去雜貨店買可樂給她滅舌頭的火。祖父抽著菸惡作劇似的嘿嘿笑了，想喝荷蘭水就講嘛，哭什麼？他們的表情都很認真，我只好對那難辨的虛實真假微笑。

小辣椒過剩時，母親買來更多的大辣椒。大小辣椒搗碎了混合酸柑、蒜蓉、糖、鹽和薑絲磨成辣椒醬，一屋子嗆鼻的酸辣味，連狗都猛打噴嚏，邊發出哀號邊躲遠。大辣椒帶甜味，正好平衡尖銳過辣的米椒，調出令人上癮的勁辣。

屋旁的芒果樹才開始結果，我的口水開始分泌。我們不愛熟芒果的香甜，卻獨鍾土青芒蘸辣椒蝦醬的繁複，光想就不由自主猛嚥口水。烤香的蝦醬引來蒼蠅和貓。熱蝦醬夥同辣椒和白糖，在石臼裡搗成無以復加的熱帶滋味，腥、香、辣，有一點點臭，加上芒果的青酸，多麼原始而野蠻，舌頭一次又一次被橫徵暴斂，讓人戒不掉的，被虐的快感。

還有一種，醬油浸泡小辣椒，抹在酸多甜少的鳳梨上，乍一嚐令人打個顫，生鮮的青果原來可以那麼刺激，多麼怪誕的天才組合啊。臺灣的鳳梨太甜，辣椒不夠猛，醬油也不對味，我只好嚥下口水，發誓回家吃他個胃穿孔也在所不惜。那令人懷念的，像一巴掌那樣令人印象深刻的辣。

難以承受的酸

小妹從小得寵又會說話，幾乎是要什麼有什麼地長大。母親到現在還很喜歡引述小妹對某件事的看法，「小妹按語」是處於空巢期的母親不可或缺的樂子。她那把口就有本事妙語生花，父親對她撒嬌又撒野、說理兼哀求的老么兵法無法招架。他在有求必應之餘，總要當著我們的面訓話，妳幾個姊姊都是吃苦長大的，哪有妳這麼好命？

父親的訓話是刻意而認真的，拐彎抹角的補償和虧欠也是認真的，儘管那麼不動聲色。這是父親說話的方式，他答應小妹的要求，同時安撫吃過苦的幾個姊姊。我一概沒意見，不反對不同意，以前我說太多，多說多錯。妹妹們順著父親的話，把不滿全潑到小妹臉上，紛紛開口譴責，就是囉，妳好命得要死，我們以前……，傾出一籮筐省吃儉用的憶苦往事。

從小母親嚴格控管零用錢，同學下課買酸梅、我來也（類似陳皮的醃漬物）、twisty（似卡哩卡哩的油炸物）或者汽水花生，我則有家裡帶去的麵包夾牛油椰子醬、吐司抹牛油灑白糖，或者五花八門的糕點，黑糖糕、木薯糕、咖哩角、炸香蕉，反正早餐或昨晚，甚至昨天下午吃剩的，貪嘴時裝滿一大盒，有時則純粹敷衍母親，只意思意思帶一小塊。青春期我發育得特好，多虧這些高卡食物和大量運動。大妹可不，她挑剔得很，老嫌這些土土的食物麻煩又沒面子，她寧願挨餓，書包刻意塞滿課本，沒有空間留給餐盒。母親只好偷偷塞錢給她。我知道了不點破也不要求，離開祖母後我開始學會認命。後來讀到盡人事聽天命喜歡得不得了，覺得這句話真是天啟神識，可以印證在失明的祖母身上，也可作為我的青春期獨白。父母親一意違天而行，結果連生六個女兒方得一子，兒女債揹了大半生。

母親總是家事纏身，又嚴重過敏，大早起床就是連續十幾二十個噴嚏。我們襁褓時的尿布被她物盡其用，拿來擦鼻涕抹眼淚。這真是儀式性的一幕，家裡已經沒那麼小的小小孩用得上這些柔軟的白色純棉布方塊，母親應該對著這些時間的遺物，沉靜地微笑，頭上或背後飾以隱形的神性光輝。事實卻是，她好不容易擺脫七個小孩的磨難，卻又受盡過敏的折磨，每天還得對付幾大桶衣服。尿布上不是小孩的排泄物，而是抹不完的鼻涕眼淚，濕了一片又一片。

日復一日對著那樣令人罪過的場景，我總是低頭咬咬牙，把心一橫，頭也不回地出門上學。有段時間母親去割橡膠，四點多鐘摸黑出門，五點鐘換我起床代母職，早餐胡亂咬幾口，最後一刻抓了書包衝出門，衣服常常來不及洗，浸到中午等母親回家。可想而知，必然又是涕淚中洗完永遠也洗不完的髒衣服。父親有一回說，妳媽很討厭洗衣服，一邊洗一邊哭。母親不知是哭是笑地拿尿布擦眼睛，我們則很勉強的咧咧嘴，誰也不看誰，閃躲彼此的眼睛。

所以，有什麼可嫌棄的呢？那些遙遠而尊貴的零食對我而言充滿階級性，我的零食不花錢，都是些隨手可得的野果，野西番蓮、土芭樂、籐仔、青芒果、半生熟的青黃紅毛丹，都是酸澀損牙之物。還有酸仔（buah asam）。拇指大小的碧綠色果實成串地懸著，樹身不高，可是小孩絕不愛它具攻擊性的味道。馬來人用它煮酸辣魚，撒點糖調和要命的酸，沒人拿它當水果零食單吃。我再沒吃過比酸仔更酸的東西，酸得絞心糾肺，眼泛淚花，光聞那味道，胃酸都會大量分泌。喔！尖銳難以承受之酸，那酸度說不定PH試紙都驗不出來。蘸點鹽巴，我齜牙咧齒的吞下，說不上是跟自己，抑或跟命運，賭一口莫名的氣。

原始人的食譜

某次關於飲食經驗的演講之後，一位吃素唸佛的朋友嚴肅提醒，鍾怡雯，妳真的要多多誦經懺消宿業，那樣不好，很不好。他指的是我吃過的不可思議之物，野蠻、殘忍，對他而言大概接近原始人茹毛飲血，難怪他在底下聽得又是皺眉又是搖頭，我開始反省自己的罪孽到底有多深多重。

其實，早在他善意的規勸之前我就悟了，是真的不好，很不好，我是指二十五歲以後老找麻煩的爛身體，然而我另有解釋，那是老本用盡，在山野長大的身體開始反擊所謂文明生活的結果。並非我無慈悲之心，對刀下喪命的野味從無罪愆之感，只是靠山吃山靠水吃水本來就天經地義，硬要山裡的人吃素，放著飛禽走獸打從家門口走過，那才矯情。

我母親密集生完第四個小孩之後，從前山珍野味養出來的好身體開始崩毀，十天裡有九天老是頭痛流鼻涕流眼淚，頭痛藥當維他命吞。祖母聽到她哈啾不停，宿命論就來了，死蛇爛拐（蛙）食多才會這樣。幸災樂禍的口吻。雖然從小親祖母，這種沒道理的說法還是讓我非常反感，那妳做什麼又食狗肉？話才說完，我頭上立刻吃了一記重重的扇擊，叫妳不可以講「狗」肉，還講？

應該叫三六，我忘了。三加六是九，廣東話的「九」跟「狗」發音同。每回屋後的村長家煮狗肉，村長胡尖頭的大媳婦會過來通報，夜一點有三六吃，刻意壓低沒有表情的聲音，有些鬼祟。大人立刻報以會心的笑。那是非常奇特的經驗，濃烈的藥膳味陣陣從屋後飄過水溝，攻占悶熱的向晚。騷動的空氣有些詭異，大人言辭閃爍，卻又有壓抑的歡快湧動著，彷彿一樁見不得人的好事在暗地裡進行。小孩的晚餐時間提早了，大人卻不動碗筷，拎著鍋子往村長家走。

祖母捧碗大嚼時，我吵著要，她拗不過我老實招了，說小人吃了流鼻血，走在路上會被狗咬，並且警告我絕對不可說出去，不然，阿婆要吃咖哩飯（坐牢）了。我立刻噤聲，原來吃三六違法，可是大人卻一而再地甘冒吃咖哩飯的危險偷吃。有一段時間我常神經質地大喊豬仔，很擔心牠突然成為鍋裡的香肉。不是說一黑二黃嗎？油黑發亮的豬仔，不會有這麼一天吧？

相較之下，吃蛇肉顯得光明正大多了。殺蛇吃蛇都很公開，那是搬到油棕園之後的事。昌叔殺蛇剝皮時，總把修長的蛇身懸在菠蘿蜜樹的枝幹上展示，剝蛇也在樹下的木桌子上，大人小孩都熱鬧圍觀。蛇血蛇肉末濺上頭髮衣服沒人尖叫，若非有蛇卵，大家通常沒什麼意見，就各自捧段蛇肉回去下鍋。昌叔家喜歡紅燒，母親則是典型的愛湯族。乒乓球大的蛇卵浮在清澈的蛇湯裡，就像雪白的大湯圓，只不過蛇卵裹著韌膜，要剝開透明的薄皮，才能啃到質地鬆軟綿密的蛋。蛇卵老讓我想到鹽水煮菠蘿蜜核，老實說，菠蘿蜜核比蛇卵口感扎實，薄膜也好剝，而且不會邊吃邊覺得好可惜，它原來可以孵化出大蛇美美地餵飽很多人。

倒是吃松鼠比較不忍，畢竟那揮舞著蓬鬆大尾巴的形象可愛而善良。松鼠跟老鼠一樣愛吃油棕果，是油棕園的大敵，可是人類的胃消化掉的數目遠不及松鼠們繁殖的速度，十個捕鼠籠最多也只捕得十隻，實在於事無補。香氣濃郁的菠蘿蜜肉最能勾走鼠魂，十次有九次斬獲。可是殺鼠剝皮的場景我一點印象都沒有，只存下舀湯時，那強而有力的、小小的大腿靜臥鍋底的畫面。我們的鄰居說其實油炸松鼠最好，連肉帶骨又酥又脆，整隻吃下不必吐骨，乾脆俐落。

離家前兩年，家裡的野味漸漸消失蹤影，到後來，松鼠膽子大得跟我們一起吃芒果和紅毛丹，牠在樹上我們在樹下，各得其所。母親看著滿地散落的紅毛丹殼，偶爾會想起，什麼時候要捕幾隻來煮湯。然而，也只是說說而已。

在那遙遠的地方

有些非常普通的用詞對我而言卻意義非凡，譬如離島。碰到這個詞就像按到開關，嘩啦啦的傾倒出天涯海角，溼鹹的海風，相思豆，卡車，以及轟轟作響的碎石聲。母親則跟我剛好相反，疾病，疏離，恐懼，茫茫的未來，一臉不堪回首。這倒是非常罕見，個性現實而開朗的母親留下的是抽象而負面的感覺記憶，我卻把那一年的離島經驗視為烏托邦。我們活在同一個時空，卻像分處兩個世界，揀選出不同的回憶碎片。母親總是搖頭，真是陰功（淒慘）喔！那時候啊……

那時候啊。我未滿七歲，父親在炸石廠找到新工作，我們第一次的大遷移，是從偏僻的新村搬到簡直荒涼的漁村。舟車勞頓幾經折騰，又吐又病的抵達離島，新生活未開始我們便潰敗了一半。那帶著病痛的抵達，實在不是一個好兆頭。

短短一年的荒島生活，母親瘦下整整十公斤，回到少女時代的身形。只有這件事，可以讓她從陰功的情緒中突圍。公司的宿舍是雙併獨立式平房，四、五間孤零零散立山頭，被濃密的樹林包圍著。穿過層層樹林，在視線的盡頭是鑲在樹梢的海角，像碧藍色的上弦月橫在晴空下閃閃發光。這望不斷的景象後來成為我對天涯海角的理解。我也拿這畫面想像「千帆過盡水悠悠」，七歲的我幾乎每天望著這一小塊海角發呆，想念天涯那邊的祖母。遠處的工廠總在炸石頭，一聲接一聲扎實堅硬的撞擊，聽來卻是寂靜而空洞，真有點腸斷白蘋洲的悽惻。

何況沒有玩伴。父親的同事大多單身，要不，便是新婚，只有父親攜家帶眷。誰敢把家屬帶來這荒島？沒有醫生和藥房，看病要坐船再換車到本島。小學和巴剎在五公里外的漁村。漁村人口不過二百，那裡的空氣是鹹的，每戶人家都在晒鹹魚，魚腥味引來成群的蒼蠅飛舞，待久了連噴嚏都有鹽，皮膚帶腥，怎麼洗都有魚味。

我只有十個同學，幾乎全住漁村，偏遠地區的迷你班，大家都很清楚彼此的底細。他們靠水吃水，不是捕魚賣魚，就是殺豬賣菜。大家走幾步路就到學校，還有個叫張寶珍的同學住學校後面，有時候敲鐘了她才飛奔進教室，只有我住「山芭」。同學恐嚇我，妳住山芭？小心被老虎吃掉喔！

老虎大概逮不到機會吃我，父親每天送我上下課，晴天騎他從老家運來的紅色野狼，雨天坐炸石廠的大卡車。沒門的大卡車停在校門口時，總有人會大叫，鍾怡雯，妳的lorry（大卡車）來了。我不夠高，還得父親從駕駛座伸出手來半拎半提上車，像某種等待運送的小動物，藍色背心裙因此常常沾到車身的黃泥和污油，換來母親的喋喋不休。

然後是驚險的回家旅程。一上車父親就提醒我，等下不要睡覺，會跌出去的，記得冇？我記得，可是沒用。沒門的大卡車實在太涼快，風灌進來再加上搖啊搖的一路顛簸，我不顧一切的睡著了。父親只好一手開車一手當安全帶攬住我。不知道那五公里的荒山之路他是否分神想什麼？母親在島上皮膚病胃病過敏輪流發作，小孩水土不服老是看醫生，坐船像吃飯一樣尋常。他是否心煩女兒什麼時候才長大？或者，是不是應該換份工作再開始新生活？

他的憂愁我完全不知道。我太喜歡那間種滿相思樹的迷你小學。陽光一大早從樹隙灑落，雀鳥在相思樹上沒完沒了的唱，相思子遍地閃著晶瑩紅光像寶石。下課我總在相思樹下撿豆子，專挑潤紅發亮、表情俏皮的收進玻璃罐。我每天撿，母親每天扔。她說要死了叫妳讀書怎麼帶這個回來，妳妹妹要是塞進鼻孔要開刀的，妳還嫌看不夠醫生不怕坐船呀？

好時光只有一年。一年後，炸石廠倒閉，幸好，我偷偷收藏了一罐豔紅的相思，那裡面有陽光，以及雀鳥的歡唱，在那遙遠的地方。

天這麼黑

我每天必看氣象，喜歡陽光和夏天，非常討厭冬的陰霾。霪雨不開的春日昏沉天，同樣討人嫌，左盼右盼大晴天不得，一切都看不順眼。庭院那棵吉野櫻把苞含著，別處的櫻花我巡遍都盛放過了，它還一副沒等到好日子鼓腮賭氣的磨人姿態。我大力搖它晃它。開是不開啊你？跟天嘔氣就像跟命運賭氣一樣愚啊。廣東話說愚並沒有責怪的意味，反而有種體諒的憐憫之音。好愚啊你，輕輕的。跟說「好蠢啊你」，那種責罵譏諷動了氣的重話不同。惡狠狠的「笨蛋」，就是壞脾氣露底了。雖然把心情攀附在天氣上，除了笨蛋，其實也找不到更好的譴詞。

灰濛濛的天色給人巨大的壓迫感，它勾起我的憂鬱往事。從前住離島時，碰巧人在船上或海邊，天蒼蒼海茫茫的低靡景色令人無助。陰鬱的，彷彿生著纏綿的病。

那時總有幾句話在我腦海押韻：「天這麼黑，風這麼大，爸爸捕魚去，為什麼還不回家？」那沒來由的、跟我沒關係的韻文反反覆覆播唱。我彷彿成為漁人的小孩，站在風大天黑的漁港為父親的安危焦慮著。漁村裡我的小學同學全都會誦這幾句，語氣裡深沉的憂鬱和早熟。父親不捕魚，陰慘慘的天色只是我內心的投影。小島應該常有大太陽，只是對它灰病的容顏體悟太深，「天這麼黑」成為殘留的整體感覺。

霹靂州是個山城，新村熱而乾，島嶼則潮濕，從新村搬到離島之後，我常常咳嗽。驚天動地連環咳，聽的人難過咳的人也難過，那種咳法大概能把內臟震鬆，且每咳必吐。乾坤大挪移式的吐法，五臟六腑全糾結成一團，從半蹲到不得不蹲，認命認輸的投降姿勢。病痛令人多愁，也催人早熟。

病了，就得出海。

一個生病集體出動。老虎出沒的山芭，父母親不放心小孩留守家裡。他們緊鎖眉頭的沉重神色彷彿在責備小孩，生病就是做錯事。被病痛折磨得提早出走的童年啊。大人小孩全沒出遊的好心情，索然無言的船艙內，殘餘著穢物的酸腐味，總有人忍不住拉開窗口通氣，讓飆風的浪花躍入，腥鹹的海味在船內鼓盪。有時海浪洶湧，船身在浪濤裡顛簸，浪頭從窗邊伺機而入，一地碎裂的浪花如淚。這是我最痛苦的時刻。病體很快就繳械了，空腹上船的胃實在沒什麼可吐，就只好乾嘔，眼淚就那樣夾胃酸鼻涕齊出。

總是想家，腦海是祖母倚門的孤單身影，非常無助。我不會撒嬌，不敢訴苦。父母親的臉色跟天氣一樣不好。那時不懂命運為何物，卻先學會認命。命運之繩一端握在父親手裡，父親說，走，離家。我便得離家，離開祖母。遷徙的命運從那時開始，至今沒停過。

記得第一次抵達，累壞的父親鬆了一口氣地宣布，到了到了。我挪不動顛散的軀體，只能睜開睏極的眼張望，啊，這是碼頭？就那幾根浸黑的柱子，幾塊灰霉的木板架在海面上？幾葉瘦瘦的舨舢橫在那裡隨波起伏。再過去，全是濃密的紅樹林被凶狠的潮水拍打著。沒有豪華輪船帥氣船長，只有打赤膊的乾黑男人在簡陋的碼頭抽菸，空氣很鹹。

那是我第一次近距離看海。非常失望海水不是圖畫裡明淨的蔚藍色，卻是髒的墨綠；我想像海該有薄荷的清涼香氣，事實卻腥臭撲面。蝦膏衝鼻的味道就是海最極致的表現嘛！我不愛海鮮。這下可好，以後這腥味可是逃無可逃。

我頭暈想吐，肚子在翻騰。下船了覺得還在搖。架在波濤上的公廁可絕了，幾塊木板草草隔出來的茅房，胯下開口極大，沒留神沒跨準，必然墜海逐波。從跨下那洞口望出去，紅樹林的氣根盤根錯節像妖怪的千手牢牢地攫住沼澤。有魚優游有波瀾迴旋。因為水不斷不斷的流，老是錯覺公廁在移動。我進去許久都在勘察環境，最後慎重推門而出，什麼事也沒辦成。唉，誰忍心打擊那些無辜的魚群呢？

沒多久我就克服了公廁。通過它，我看見光。天再黑風再大，父親一定安全回家，讓我看見露臉的太陽。

錯過

前幾年父母親來臺灣，在我家匆匆住一晚，滾水燙腳似的就跟著他們那團鍾氏公會旅行團環島去了。你爸說妳要教書，沒空到處走，還是跟朋友一起好。出發前我打電話回去跟母親確認行程，她說父親堅持只住一晚。好吧，再拗下去說不定連一晚都沒了。那晚八點鐘到我家，床才鋪好，父親話沒說兩句，倒頭就睡，被子沒蓋快速入夢。第一次出國，他徹夜未眠，折騰得兩眼布滿紅絲。母親坐不到一小時，哈欠不停，滿臉疲憊笑容硬撐著，被我半催半哄上樓。兩人專門來我家睡覺似的，九點鐘不到，全都躺平。

他們的寶島之旅玩得很開心，事後妹妹們都這麼說。父親自己也挺滿意。按照父親的個性，旅客必至的觀光景點遊覽過，回去有山有水有故事可說，大概就是不錯的旅行。只有我覺得不太對。那幾日他們人在臺灣，我在中壢，分明同在一個島上，卻咫尺天涯。他們說不清哪天到哪，什麼時間做什麼，反正跟著導遊走。如果人在馬來西亞，他們的作息我反而心裡有譜。想起來有點悵然，原來小一時那場意外的錯過不是意外，竟然就是我們一生關係的隱喻。

那天父親送我上學時，照例是個寒氣逼人的清晨。小島霧大樹林多又靠海，我坐在紅色野狼機車後座穿著厚厚的寒衣，風從兩側呼嘯而過。父親那時才三十，年輕高大的身體迎風也擋風，我斜揹書包緊抱父親，半瞌睡的、安心的任父親把我帶到天涯海角。那樣風馳電掣，那麼尋常的上學日子。那麼短暫的，夢一般的，父親跟我最親近的日子。後來再也不曾出現過的，被呵護的歲月。

快到漁村時，遇到同學張竹君，她是全班個子最小的女生，坐第一排。父親順道載她一程，於是她坐前面我坐後面，父親成了人肉夾心中間的餡。張竹君被父親抱下車時臉色發白，脖子縮著，看來更矮了，腳才落地就拚命跺，跟地板有仇似的。冷死了，她仰起臉抱著胸口說話的樣子，我記得非常清楚。那是一張凍壞的、沒有父親呵護的臉。我得意的笑了。

那得意才持續到中午就消散了。凶猛的雨勢鋪天蓋地的烏雲，世界末日似的嚇人。我站在教室門口張望，父親的大卡車竟然沒出現。這可是從沒發生的事，父親向來準時，我上學以來他還沒遲到過，總是一敲鐘就見到那令人放心的身影。等了一陣，同學陸續走了，熱鬧的校園冷清下來。我張望再張望，從走廊一端走到另一端，來來回回。第八次一定會出現。沒有。第九次，第十次。不知道第幾次了，愈數心愈亂，無助又焦慮。沒有父親，我可是回不了家的呀。雨變小了，父親還是沒來。陰雨天裡的相思樹林有點陰森，腳步聲在走廊成為空洞的回音。

決定不等了，我抓起書包頂在頭上，穿過竹籬笆往張寶珍的家跑。隱約有種被遺棄了、要投靠別人的酸楚。張寶珍住學校後面，我像隻落難小狗，濕淋淋的站在她家門口。如今回看那畫面，很像苦情電影裡的苦命要飯小孩，又濕又累又餓，臉上有種不明所以的淒楚，以及小小的驚慌。換衣服，吃飯，很拘謹的，在一個全然陌生的環境裡穿著別人的衣服，吃別人母親做的菜。我記得梅乾豬肉和鹹魚。這兩道菜從此背負著「遺棄菜」的莫名之罪，非常不討人喜。

就在吃飯時，父親濕漉漉地出現了。有些氣急敗壞，又有要物失而復得的鬆一口氣。然而並不激動。他一再向張寶珍的母親致謝。我至今不知道他如何找到張寶珍家。回家路上，他反覆的說還好不是給人騙走了。他只是發現快下雨了半途回去換lorry沒想到我就不見了。他自顧自的解釋著，沒有問我為什麼不等他？有沒有害怕？沒有我想像中的激烈情緒反應。女兒不見了想來應該很慌張吧，也許前一刻他曾經被巨大的焦慮和恐懼煎熬著，發狂似的到處找人。就像我一樣。他不知道我就近在咫尺，我們都在等待對方身影的出現。

這就是我們今生的緣分。注定要相隔千里，久久一次短暫相聚。即便咫尺，亦如天涯。那晚他累極歪倒床上，我幫他拉上被子。他大概半睡了，還不忘回報一個意識模糊的微笑，有點羞赧。或許，還有一點意外的欣慰吧。我猜想，並如此一廂情願的相信著。

輯三：那些曾經存在的、

與母親攝於油棕園內的菩提樹下。（攝於二〇〇五年）

跟母親在廚房的快樂時光。怡保五妹家。（攝於二〇〇五年）

小妹與母親攝於倫敦。母親難得出遠門去探望住倫敦的小妹。（攝於二〇〇八年）

從夢裡爬出來

我的睡眠品性很不好，是那種半夜會說夢話、大喊大叫、擾人清夢的討厭鬼。有時夢境太真實了還要立刻說夢，彷彿夢境扔回現實了就沒事。聽夢的倒楣鬼多半也是含糊其辭，半睡半醒可憐地敷衍。如果運氣夠好，還能再入睡，說不定續攤的夢就有了意外的轉折和驚喜。後來漸漸得出結論，從前沒被解決的恐懼，會反覆在夢境干擾我。十年，二十年，耐著性子死纏爛打，譬如那條躲在小學廁所的巨蟒，就常常從夢裡爬出來。

二年級第二學期，我從讀了一學期的天主教學校轉入大象國小。學校有點遠，必須走四十分鐘的上山下坡路，穿越層層油棕林和濃密的茅草，才見到木板搭蓋的簡陋小學。油棕林和茅草叢都多蛇，黃泥路上隨時都可能踩到新蛻的蛇皮。最常遇見斑爛格子褐紋的蟒蛇，從方格的面積就能判斷蛇的大小。新鮮的蛇皮彷彿還殘留蛇的氣息，那帶著威脅的美麗令人充滿戒備，說不定牠就裹著一身新衣隱身草叢裡，也可能吊在油棕樹上，俯看一群不知天高地厚的小鬼。

有時是死蛇。遠遠的一陣惡臭鋪天蓋地，我們憋氣捏著鼻子經過時，常常要爭論蛇的品種和死法。蛇鼠一窩是油棕園的生態，因為山老鼠吃油棕果，於是放蛇吃鼠，最初野放的是令人見之喪膽的眼鏡蛇，蟒蛇大概是從附近的次生雨林竄進來的。同班的印度同學丹各峇路從小跟著父親在油棕園裡割油棕，是個大膽子的破壞王，見到蛇皮一定要踢，再狠狠的踩個稀巴爛。他的白衣從來沒白過，白鞋也一直都是黃的，一點都不在乎再黃再髒一點。死蛇他就用力吐口水，呸！檢視自己口技如何，有沒有命中目標。其他的「死物」，死青蛙、四腳蛇（大蜥蜴）、死山雞，丹各峇路可是一點都不感興趣。

死的之外，還有活的，就在小學唯一的女生廁所裡。小學只有一排校舍，廁所獨立在斜坡上，幾塊木板蓋上鐵皮草草了事，跟新村老家一樣的茅廁，可是倒水肥的沒有每天來，那味道，那胯下景觀，哎！一言難盡。因此理所當然蓋在下風處，離校舍遠遠的。褐黃色大蟒就窩藏在廁所的水泥石階裡，我們等於是在牠樓上上廁所。我始終沒弄清楚，究竟水泥石階的蛇洞怎麼出現的？總而言之，排隊等廁所的某日，那塊斑斕的蛇皮像女媧補天的五彩石，填在灰石階的破洞上，又像上好的絲綢，在陽光下閃爍著華美的光澤。

巨蟒就在你身邊。

剛來臺灣讀書時，聽到室友說匪諜就在你身邊，我腦海跳接的是那條陪我們上課上廁所的巨蟒。當時那第一眼著實令人毛骨悚然。廁所欸，每日必到之處。除非不喝水，除非野地解決。只好報告老師和校長。沒用。他們說很早以前蛇就在，從沒出來嚇過學生，借地方住住而已，有靈性。何況，外號吳大頭的男老師說，那個位置要怎麼捉，難道打掉廁所嗎？

從此開啟了被蛇追趕的夢魘。我狂跑，蛇在身後窮追。邊跑邊氣憤的想，吳大頭根本騙人，這不就出來了嗎？二十年後再夢，也還殘存著被騙的模糊感覺。夢裡被恐懼激發出好腳力好體力，如有神力毫不費力狂奔幾個山坡。山路就是那條熟悉得不得了的上下學黃泥小徑，真實的場景於是讓狂奔和恐懼更真實，愈來愈強的恐懼最終把我推向夢的邊緣。一個踉蹌，我跌倒了，順勢跌出夢境。疲軟，體力和精神的雙重消耗。小腿痠痛，確實如同經歷激烈運動。蛇的巨大陰影，遠遠超過我的想像。

在夢裡把蛇解決掉，是消除蛇夢的唯一方式。可是，到了夢裡，我該如何提醒自己？這就是夢和人生的難處啊。然而我知道，這種顛倒夢想的折磨，終有一天會結束。那天到來時，應是人生這場大夢做完之日。那麼，我的墓誌銘，非「戲夢人生」不刻。

黃昏的幻影

黃昏時分。一天當中最百無聊賴的時段。開機一天的頭腦疲乏了，工作效率降低，心情和能量跟著天光一起暗淡。如果恰好那天應該完成的事情仍在進行中，或更糟的剛起步階段，這溫柔的閒散時光便成煎熬時刻。大多數的廚房此時正在煎煮炒炸，空氣中浮動油氣菜香。我也在煎熬，被另一個工作狂的自己譴責效率不彰，被時間追趕著逃到日暮的死角。

從前不是這樣。從前我非常期待日落，期待太陽緩步走到左前方的油棕園之上。午睡的、寫功課的、不准晒太陽的，或者被各種各樣藉口囚禁的小孩子，全都傾巢而出。吆喝小孩、水牛、羊群或狗的不同語言和聲調，在向晚的蒸騰空氣裡起落。咖哩的、清湯的、帶著魚或肉的、酸辣或嗆辣，油煙、氣味和聲音在混聲合唱，被禁錮了一日的歡樂氣氛，在黑夜來臨之前的黃昏時分，突然全獲解放，以人間的喧囂為將盡的一日畫下句點。

那時我非常迷戀黃昏。日暮之際，人和物暈染著時間的光暈。天光雲影在短暫的讀秒中演示瞬息幻滅，豔金、古銅、橘紫、芒果黃、柿子橘、辣椒紅、葡萄紫，或者把所有暖色系攪到一起，層層疊疊暈染出赤道的祕豔色塊，再瞬間成羽狀散開。黃昏的顏色全是華人稱為「吉林色」的印度人愛用色。草地、樹和人全染成紫紅或橘黃，散發著神的色澤。人站在霞光裡，變得很謙卑。

那千金散盡的氣勢，推到極致的瑰麗，神的降臨。

你以為那顏色今天用完明天就沒了，因此心裡格外依依不捨。然而千金散盡還復來。明天又來了。再怎麼揮霍都還是源源不絕的流瀉。一切如夢幻泡影，夢幻泡影之後竟然還能生出夢幻泡影，那是怎麼回事？我對晚霞近乎膜拜，沐浴霞光之中彷彿感染神蹟。曾經夢見火紅色雲塊從天墜落，就橫在大門口，那細紋和質地，近觀像父母親結婚時厚重的大紅絨布被。伸手去摸，卻又硬又脆，視覺和觸感落差雖然發生在夢裡，卻真實異常。醒來時我恍然大悟，原來如此啊！

黃昏的夢幻泡影。

母親留給我的黃昏形象，一直是端著碗菜飯，邊跟鄰居的阿嫂們聊天，邊餵小弟或小妹吃飯，當他們還小時。先是糜粥，後來是飯，從熱吃到涼，沒吃完的最後餵貓餵狗。小妹小我十歲，小弟則是十二歲，且農曆生日跟我只差一天。我對他們小時候的長相、行為以及習性等芝麻小事記得特別清楚。都說長姊如母，我確實常常取代母親的角色，黃昏時分不在廚房，便是扮演母親，追逐著小妹或小弟，想辦法把食物哄進他們的嘴裡。

對我而言，小孩有兩種，一種好餵，一種不好餵。兩個小的都是後者，他們邊吃邊玩，折竹枝打狗、採指甲花、低頭拔草心釣草地裡的大黑蟻，硬是把一口飯含著，腮幫子鼓著，不吞就不吞。晚霞從芒果黃換成爛柿子橘，再換成濛濛的湖水藍。還有大半碗。再玩，天就要暗了。

天暗之前得把棲在紅毛丹樹上的雞隻趕進雞窩裡，菜園要灑水，念下午班的妹妹一到家，就要開飯了。

後來讀到劉半農寫的〈一個小農家的暮〉，非常喜歡，並非它寫得多好，而是那詩的乾淨和安靜，保存了棲止的時間，沒有被文明驚動的田園。灶的火光，女人的青布衣裳。素樸的對比，單純的物和人，勾勒出即將安歇的暮色。我沿著詩的路徑返回華美的赤道之暮，在夢幻泡影中，觀望著泡影夢幻。

暗影搖動

有些氣味常讓我失神。剛來臺灣的那個冬天，我縮著脖子在公館挑外套。突然一陣熟悉的氣味游到鼻尖，我觸電般四下張望，丟下廉價衣服使勁吸鼻子，立刻循那氣味前進，顧不得冒失擦撞停停走走逛街的悠閒人潮，魂被勾住似的往氣味源頭殺去。

謎底揭曉。糖炒栗子，牌子上寫著。我呆了幾秒，訕訕走開。栗子我吃過，母親裹的粽子裡少不了它，糖炒栗子卻是第一次見到，乾燥微焦的栗殼和熟甜的栗肉散發出炭烤香，乍聞之下，恍如高溫熬煉油棕發出的味道。

我住在油棕園裡。油棕？解釋過許多次，臺灣朋友說錯了錯了，那是棕櫚不叫油棕。不，我搖頭，它的英文是 oil palm，是一種可以榨油的經濟作物。我住的地方叫 Pamol Oil Palm Plantation，簡稱 Pamol Estate，從命名就知道那是英殖民地時代的遺產。這莊園號稱馬來西亞第三大油棕園，面積足足有半個臺北市大，連綿起伏好幾個山頭無盡的翠綠油棕林，煉油廠就在油棕園裡，二十四小時不停冒黑煙，不分日夜空氣裡總瀰漫著那股帶苦酸的焦澀。

我聞著那味長大，整整十幾年，從童年後半段到青春期，都籠罩在炙烤的氣味裡。如果氣味有譜系，那麼，最接近的應該是炒咖啡粉，同樣微焦微澀，味道非常霸氣。只要有人炒咖啡，哪管他花香草香或者溝渠味，全都被收攝到麾下，除了榴槤唯我獨尊的王者之味。奇怪，泡好的咖啡烏便失去那好聞的焦香了。乾燥的，太陽晒出來的輕盈脆薄被水稀釋泡軟，因此我只愛聞咖啡。無聊時我喜歡打開咖啡粉罐大口大口吸氣，精華因此都被吸走了吧？以致泡出來的咖啡枯淡無味。下午三、四點仍然熱氣蒸騰，母親泡好整大壺擱桌上，萬不得已我絕不碰，寧願喝加了煉乳的奶褐色錫蘭茶，配沾滿椰渣的金黃色木薯糕，以及無所不在的油棕味。

對油棕味說不上愛憎，純粹習慣在它的味道裡過日子。唯有刷洗父親褪下的制服時，那頑固的油漬令我咬牙切齒。父親的制服得另備小桶浸泡個把小時再刷，油漬死咬著鐵灰色的布料。常常我刷得雙臂痠痛，油棕味仍舊從洗衣粉和洗衣皂的重重關卡逸出，刺痛我的嗅覺。

赤道豔陽下，油棕園像是沸騰的油鍋，塵土飛揚，空氣裡除了泥味，就是油棕被熬煎時的苦澀和酸氣。日正當中時，所有物質都呈現半融解狀態，載油棕果的大卡車也按不出響亮有力的喇叭，一切都鬆散疲軟，人的精神也是。不上課的下午我得給父親送下午茶，四點的太陽晒得皮膚刺痛。我提著熱咖啡和糕點在毒辣的太陽底下走，邊走邊喘，十五分鐘路走成五十分鐘或更久，汗從頭流到臉再摔到乾燥的黃泥地，依稀聽到汗水和土地發出微弱的吻。

父親在錫礦湖工作時沒有下午茶習慣，到了油棕廠卻奇怪的跟著大夥喝。三十分鐘到一個小時，離開高溫的廠房喘口氣。我猜那是大英帝國的遺風，英國老闆大概把油棕莊園當成殖民地幻影，從制度到設備一律仿英，特別是那個規模完備的 club，從小的泳池到大的高爾夫球場，運動設施一應俱全，耶誕節新曆年則開 party 熱舞通宵。沒有下雪，可是俱樂部的舞廳裡站著耶誕樹，大人小孩端著飲料在游泳池旁邊聊天打哈哈，池水映出晃動的人影和燦爛燈火。夜晚的熱風送來濃郁的油棕味，混合著新剪的青草香，風撩動油棕葉掀起層層葉浪彈奏出嘩嘩巨響，我聽到那裡面洶湧流淌的慾望。

第一個離家的臺灣冬夜，沒想到是栗子為我喚來家的氣息。糖炒栗子堅硬扎實，完全是甜淨溫暖的冬夜情調，不苦不酸淨是乾燥單純的蜜甜味。除了微焦的氣味，其實它跟油粽根本無法牽連到一塊。那散發著繁複氣息的油粽，背後搖動著的重重疊疊記憶暗影啊。

鐵打的身體

念研究所之前我有一副鐵打的強壯身體。寒流來時每天清晨照洗冷水澡；夏天不畏熱，刷新紀錄的高溫是氣象局的事，中暑是別人的事，我只管自己的生活步調。管他多少度的高溫警告低溫特報，想出門就出門，從不擔心中暑或受寒。整個大學時代，我只感冒過一兩次，結實安穩的睡場覺，病就好得七七八八了。這樣的龍馬精神靠的完全是老底，那些從小吃大的山珍野味打下的好基礎。

蛇肉是山珍裡我吃過最多、最好的東西。油棕園多蛇，多到華人覺得浪費，乾脆讓胃去收屍。山野的精氣化為身體的養分，滋補大人勞作虧損的身體，小孩則固本強身，長大後少病少痛。從小就聽祖母說野味比家禽補，吃野味長大的小孩骨頭比別人重，肌肉結實，皮膚細滑不長疔瘡。聽起來倒像是老饕的藉口。我只知道野味難得而好吃，哪管它強身健體的功效。

我們的鄰居昌叔擅長捕蛇，他的嘴角有顆長毛的大黑痣，聽說這種面相是「為食」（貪吃）相。昌叔確實為食而活，大蜥蜴、鱉、果子狸、田雞、山雞、山豬、松鼠全是他的刀下亡魂，尤其父親不敢下刀的蟒蛇，是昌叔的拿手絕活。他宰什麼都分我們一杯羹，有時是煮好的成品，有時是淌血的活體。如果剛好在他們家玩，又碰上昌叔動刀動斧，我就捧著尚有餘溫的山豬肉或蛇肉回家。帶血的野味散發著生肉的腥羶氣息，我聞到的卻是香熱的熟食之味。

從小不愛海鮮，小六以後有幾年幾乎無法食肉，按照營養學的標準，我應該是個常得吃藥的難飼小孩。事實正好相反，我連噴嚏都不打一個，那些古怪的山珍化為我的血肉精氣，於是我也像是山裡出沒的獸，野生野長，成天淋雨晒太陽，祖母說我是「青菜水果隨便養」，養貓養狗一樣好養。整個青春期我絕少冒痘，頭髮濃密黑亮，早上起床得用水把整頭蓬髮抹濕壓平，才敢跨出家門。

昌叔熱中於捕野味那陣子，我們家的冰箱不時擱著吃不完的山豬肉咖哩、大蜥蜴紅棗黃耆藥湯、枸杞人參鬚燉松鼠、乾辣椒爆田雞。這些都比不上山雞燉椰子，精瘦結實的山雞整隻塞入老椰子隔水燉，一人分幾口，那湯彌足珍貴，老覺得喝下去連舌頭都變靈活了，神奇的味蕾記憶令人難忘。說到野味，母親的故事簡直是說不完的鄉野傳奇。外公以前打獵，猴子、穿山甲、果子狸、甲魚她全嚐過。穿山甲滋陰養神，對女人尤其好。生面瘡？那是別人的事。母親說她當小姐的時候皮膚潤澤，抹了豬油一樣，蒼蠅站上去都會滑倒。可是，母親話裡有遺憾，實在太殘忍了。

殘忍歸殘忍，口腹之慾卻是當下真實的慾求，殺生的懲戒，等發生了再說吧，反正時候未到。每回父親收到印度鄰居送來的「大禮」，邊感嘆又要開殺戒，卻還是興沖沖的在廚房上演大屠殺。通常是大蜥蜴。印度朋友不吃，割油棕時若是碰上了就順勢捉來敦親睦鄰。有一次孟加拉籍的古布收割油棕時，連帶收穫一隻三呎多長的大蜥蜴。還來不及把油棕送到工廠呢，他就顛著水牛拉的拖板車來我家，從紅豔豔的油棕堆裡拎出麻包袋，指著那掙扎的不明物體說，你們華人的最愛。我記得他說完話搖搖頭，深邃的大眼裡充滿不解，這恐龍般的怪物，好吃嗎？

當然。專吃腐屍臭物的大蜥蜴，卻有一身細緻清甜的白肉，傳神的詮釋了化腐朽為神奇。因為那凶惡的外貌，減輕了殺手的罪惡感，又隔著麻袋，眼不見為淨，只要夠狠力道夠重，只一記便沒了動靜。父親趁牠暈死時剁頭剝皮，掏出內臟。帶血的布滿疙瘩的粗皮，糾纏不清的五臟六腑，沉沉一大袋，提起蜥蜴頭時，我最怕牠閉上的凸眼突然睜開，光想像就覺得比見鬼還要驚悚。這要緊的時刻通常我得自我催眠，超越眼前濁汙的血漬看到清透的靚湯，從腥臊之氣聞出甘潤的肉香。

殘忍而有效的催眠啊，為我鑄出鐵打的身體。

野蕨之夢

我對蕨類有種近乎鄉愁似的情感，看到沒有的品種就想蒐集來。三樓的書房陽臺，日益擁擠的蕨國鋪成清涼綠海。蕨類令人想到赤道，陰霾的冬天乍見屬於夏的那種青綠，總有時空錯置之感。蕨的綠冰涼清新，很有青草茶或薄荷葉的效果。我向來愛蕨甚於花。花色繽紛令人心思浮蕩，不知道該怎麼安置那被撩撥起來的飛揚情緒。蕨則沉靜穩定，人往陽臺一站，什麼情緒也沒有。除非有霧。

有霧的春夜，接近夢境。霧跟蕨類一樣，都有點詭譎美，神祕兮兮的。蕨的顫動又那麼細微，那麼若無其事，總讓人懷疑剛才捕捉到的只是幻覺，眼花吧，那瞬間的搖晃。恐怖電影如果大霧壓境，必有驚悚。我極易入戲，屏息等待的讀秒會讓心臟狂飆，那是無法承受的大壓迫，精神的酷刑。輕描淡寫就好，像陽臺上的霧，霧裡帶點魅惑的蕨，一點點魔幻。站久了髮膚微溼，總錯覺就要長出漂亮的鋸齒，神經質的葉。

長蕨的油棕園，就比橡膠園神經質。那時候油棕是大樹，成熟的油棕林三層樓高，蕨攀著樹幹凶猛的長，巴到一點空隙便生根發芽，生命力異常強悍，一棵油棕供養著七、八種蕨是常景。最霸道的鹿角蕨和鳥窩蕨，體型巨無霸個性也蠻橫，落腳的地方通常陽光夠雨水足，住在上百公斤的油棕果下。那是上上鋪，油棕果採收之後猶能獲得油棕葉的庇蔭，因此不受暴陽肆虐，碗狀身形正好盛接雨露，好風好水長得格外壯碩。在它們底下求生的羊齒植物就比較可憐，必得發奮圖強才能活得壯活得好。

這些意外訪客一落腳便成為永久房客，一派安靜內斂，散發著持久而穩定的氣場，因為它們，油棕園保有一種巨大的靜謐，還有說不上好聞卻難忘的氣味。我最想收藏的就是蕨類混進油棕林的古怪氣味，非香亦非臭，是一種無法規範，在言辭之前的原生氣息，由數種原始氣味混合而成。藏在油棕樹皮裡雨水的蒸溽之味，像劣質紅酒，有點酸餿。無數的油棕苗剛爆芽帶出核果香，腐質土裡活躍的細菌，上百種野草被陽光逼出的腥味，空氣裡飄浮著煉油的焦燥之氣。這些全屬沸揚的上升輕氣，唯有蕨的呼吸是下沉的，乾淨冷冽，帶著重量。伸長脖子仰望，油棕樹一半以上的高度，你會看到陽光葉隙裡飄著混濛氣層，那是兩股氣的相遇處，陰陽融合的交匯點，氣味的來源。

繁複的，原始的，言辭之外的氣息。下午家裡熱得像蒸籠，我拎了麻袋，帶本小說到油棕林去邊讀邊睡。不是收割的時節，油棕園裡只有四腳蛇、松鼠、鳥，和藏匿的蛇，偶有野雞展翅飛過林梢，或者母雉帶著小雉疾走，留下咯咯咯的遺言。跟印度鄰居借本史蒂芬．金，或者鬼故事，在各種怪誕的情節裡遺忘炎熱，或瞇著眼，半睡半醒之中透過葉隙觀望天光雲影。從小我就很愛看雲，放長假的日子從早到晚對著幻化雲影作赤道之夢。

蕨之夢。蕨的綠手變成巨大無比的托盤，把我送到雲端。咦，怎麼如此堅固硬實，全然不是想像中棉花糖般的質地？而且雲的上端什麼都沒有。一望無際的藍，無聊的藍，乾淨無雜質，無聲無嗅。傳說中的天堂如此無聊，遠不如百味雜陳的油棕林。

改良後的油棕僅一層樓的高度，像大地上蹲伏的侏儒，收割起來方便快速。可是失去蕨類的油棕園多麼無趣，陽光白花花地直射在樹行之間，泥土乾裂，四腳蛇和蛇紛紛逃逸，松鼠遷移，鳥類變少了，睡個午覺的好所在憑空蒸發，想像力一併消失。
原始的赤道之夢，成為一抹天上的流雲，夢中之夢。

依然蕉風椰雨

有一首兒歌大約是這麼唱的，我家門前有小河，後面有山坡。我嘴裡跟著哼，腦海浮現的景色卻是前有椰子後有香蕉。沒有小河，水牛洗澡的小溪倒有一條，鬆垮垮環在山的大肚腩。山坡不在後面，而是層層疊疊把我家困住，也囚禁了我的青春。吃不完的椰子和香蕉，聽不完的蕉風椰雨。

每回看到人云亦云的「蕉風椰雨」，我總是微微失落。可惜了，這被用濫、掏空意義的蕉風椰雨啊，如此被糟蹋。如今它成為隨便的形容，平面的風景，印象式的空洞情境。那形聲兼具的畫面和聲音，其實多麼貼近赤道，兩本老文學雜誌便很鄉土的名為《蕉風》和《椰子屋》。

鄉下小孩誰沒聽過風梳椰葉、雨打香蕉的二重奏？只是蕉風椰雨起時，誰也沒心思去浪漫，多半搶在急雨之前收回飽吸豔陽的衣服、半乾的白鞋。椰子和香蕉，缺了這兩樣，菜色立刻索然無味，咖哩煮不成，點心沒辦法做，日子也就難過了。別人透過蕉風椰雨想像唯美的赤道，我們比較實際些，椰子和香蕉深得人心，兩個字，好用。特別是搬到油棕園之後，生活和飲食被印度和馬來鄰居同化得厲害，吃也椰子香蕉，用也椰子香蕉。椰子香蕉構成我們的主體，蕉風椰雨立刻跟人發生血肉關係。

住新村時，生殖力旺盛的香蕉成為夢魘，那時聞到蜜仔蕉的味道就想吐。橘黃色的蜜仔蕉其實袖珍而秀氣，兩根拇指大小，皮薄得貼到微紅果肉上，香甜如蜜。然而實在太多了，跟果蠅一樣揮之不去討人嫌。母親沒把心思用在香蕉上，只會逼我們吃，硬把蜜仔蕉給吃成了敵人。

幸好蜜仔蕉沒跟到油棕園。油棕園盛行一種微酸帶籽的奶白色中型蕉，果肉沒蜜仔蕉扎實，而且酸澀。母親發揮物盡其用的看家本領。半熟的，對切裹了麵粉下油鍋，酥脆的炸香蕉（pisang goreng）正好當下午茶點。再熟一點，橫切薄圈炸成香蕉片，灑點鹽，囤在美祿罐裡當零嘴。熟透變黑了，那就搗爛和點麵粉跟糖，煎成軟綿綿的香蕉薄餅吧！香蕉葉也沒浪費，做客家菜包時，剪成橢圓形，抹點油，取代油紙。白嫩菜包坐在碧綠香蕉葉上入蒸籠，又香又美又端莊。

家裡沒香蕉，我們上學途中還跑到馬來早餐店解饞，順便買個油炸咖哩角，或者香辣的椰漿飯（nasi lemak），吃一頓典型的蕉風椰雨早餐。高油高糖高熱量，不健康的食物多半味美易成癮。

隔壁的馬來鄰居Samad家種牛角蕉。牛角蕉，果如其名。一呎多長巨如水牛角，兩三條便炸出香蕉山，大熱天裡吃得流鼻血。剛出爐的熱燙香蕉，外皮酥脆內裡纏綿。哎！甜爛的香蕉泥在嘴裡化開的滋味，誰能抗拒？鼻血，就任它流吧。

還有乾咖哩。華人新年時宴請馬來朋友，母親拜託Samad婆做。Samad婆，Samad的老婆簡稱。母親私底下老這樣大不敬稱呼別人。我們愛死了Samad婆的手藝，華人年菜被冷落，全去搶大盆大鍋的羊肉乾咖哩、雞肉溼咖哩、小江魚辣椒（sambal）、黃薑飯（nasi berani），巴不得客人全缺席。我家門前那棵老椰子的存貨悉數採下，寒涼的椰水存冰箱，準備滅身體的火。椰肉刨成絲，擠出大桶奶白椰漿。我跟幾個妹妹輪流做這苦差，還是刨得兩臂痠痛，擠得汗如雨下。

轉眼，年也就在吃喝中過去，剩下沒人愛的硬年糕，在廚房的角落裡靜待發落。

那就切片蒸軟吧！趁熱用筷子捲一捲，裹厚厚一層灑了鹽的椰渣。年糕黏牙，椰渣塞牙縫，誰管呢？多少個甜中帶鹹的年糕就這樣囫圇下肚。

還沒完。聽說椰油美髮，印度女孩濃密黑髮全得力於椰子油，於是跟從前的鄰居Kurma要來半瓶。我和大妹於是有一陣子披著整頭油髮，渾身飄散椰味。椰油用不到一半，便在母親勒令下丟棄。枕頭套的油漬，屋裡的印度味，讓她忍無可忍。

妳要先習慣一下，媽。萬一妳兒子娶了那個大眼印度妹呢？大妹口衰，立刻招來母親一頓好罵。椰子和香蕉無視人間事，豔陽下，靜靜開花，結苞，等待下一場盛宴。

絕色

賓拉登紅透半邊天那陣子，我常想起哈斯娜。哈斯娜究竟姓什麼？按照臺灣媒體稱呼賓拉登的方式，哈斯娜應該叫賓娣阿都拉、賓娣依斯邁或賓娣依不拉欣等等。這不倫不類的聯想讓我發笑。大鬍子一定覺得很窩囊，他有個唸起來鏗鏘有力、堂堂正正的名字叫奧薩瑪。可是那筆驚天動地的帳如今全算在他們家祖宗頭上。姓拉登又是男兒的賓拉登可不止他一個，賓拉登的父親就叫穆罕默德．賓．拉登。賓（bin），只是用來表示性別，女兒叫賓娣（binti）。那麼，哈斯娜究竟賓娣什麼？

稱呼這事說來古怪，哈斯娜單叫我Choong（鍾），我要她改口Yee Voon。她說很難啦，鍾。那個啦的語尾詞不知道誰影響誰，反正她跟我們一樣啦來啦去。對我妹妹她直呼中譯馬來名，Yee Chew 或 Yee Fan，順口得很。好在油棕園華人沒幾戶，姓鍾的除此一家別無分號，我父親是Uncle Choong，母親是Makcik（伯母）。鍾就屬我專有。

搬到山坡上那棟獨立式員工宿舍第一天，整個房子亂得像劫後餘生。乾坤大挪移式的雜亂到傍晚才理出些秩序，我捧著母親匆忙做好的蛋炒飯，坐在屋後的紅毛丹樹下吃。在油棕園前後搬過四次，這是第三次。工程浩大的小流浪。遷來遷去，就那幾個山頭，總也翻不出油棕園的手掌心。九口之家的打包整理工作簡直累死人，可是父母親搬得面有喜色。搬家意味著升遷，動一次就表示薪水多一點，職位高一些。我們確實也愈住愈高，居高臨下好風景，大人小孩都高興。

食嘢時我目不斜視，連炒飯上覆著的紅霞一併吞下肚。哈囉。有人跟我打招呼。跟哈斯娜第一次照面，她紮著兩條長辮，鬆鬆散散垂在耳後方。不是印度人垂在腦勺下方的大氣粗辮，那是我們戲稱「大陸妹」的辮子，文藝愛情片女主角慣有的打扮。這在馬來人很罕見，何況被 baju kurong 凸出的身材那麼窈窕修長，兩個笑渦嵌在發亮的淺褐色頰，眼睛笑成彎月狀。她立在香蕉樹下，披著一身橘金晚霞。人間絕色。阿拉眷顧的女兒。

哈斯娜就住我家後面那排廉價屋的第一間。穿過竹籬笆，就是她家後門。後來我跟著她家人叫安娜，聽起來像是英文名。她的父母都是虔誠的穆斯林。父親是除草工人，我們家的草坪就是他打理的。沉默老實的好好先生。好幾次我拉開嗓門喊安娜，人已經莽撞殺到她家門口，卻見好好先生跪在草蓆上，面朝麥加，禱告。純白的衣褲，祈禱專用。誦經的低吟裡，隱約而堅定的阿拉。

那棟房子住了五年，我們總共參加過安娜兩個哥哥的婚禮。闔家光臨，反正馬來人的婚宴非常簡單，一道咖哩，加上一盤黃薑飯，每位來賓發一個包裝華麗的水煮蛋。講究一點的，水煮蛋盛裝後再放在精美小竹籃裡。紅包呢，意思意思一個人兩三塊錢，因此大家都去湊熱鬧。父親再三叮囑，無論如何不能用左手，不禮貌。左撇子四妹因此學會用右手抓飯吃。他們齋戒時，我們不齋戒。日落之前，他們在空地生火烤竹筒飯，做 otak-otak（一種包著香蕉葉的碎魚肉）、蒸出大盤大盤金黃色的樹薯椰子糕，我們毫不客氣分食。羊雜湯、羊牛肉乾咖哩、花樣百出的甜點。赤道的晚宴。

齋戒月的絢爛黃昏，飽滿的色和香，魘足我的靈魂，我的胃。再度回首，天邊一抹絕色晚霞，還是那麼豔。

親愛的阿拉

「Allah！搞什麼鬼？」脫口而出的語氣帶慍色，對方撇開我的情緒，好奇的問：「妳說什麼？」

我說阿拉。在緊急時刻，十幾年前的口頭禪穿透時空奔到眼前，好像某種本能，或者反射動作那麼自然，我呼喚阿拉。不是我的天我的媽，或者上帝呀。別誤會，我不是回教徒。回教徒朋友還不一定喜歡我動不動就打擾他們的真神。我發現自己處在情緒極端時，最無法掩飾「土味」，**Allah** 和 **alamak** 常常死而復生。**Alamak**，對應的詞彙大概是我的天或者我的媽呀，同時拍一下額頭。中學時我毫無節制的濫用它。有一次我的同班同學忍不住說，妳今天講超過五次，我頂唔順囉，可不可以不要 **alamak** 啦？

我對口頭禪非常死心眼，不像同學們跟隨電影或明星的腳步見風轉舵老換新貨用。有個時期不管福建客家或者海南人，用廣東話共襄盛舉「頂你嘅肺」，可憐的肺每天都被莫名其妙頂上好多次。主角叫阿燦的港劇很紅那陣，忽然沒有人再罵「神經」或「嘯ㄟ」，老的小的全改口「痴線」，印象中這陣痴線風吹了好久好久才慢慢散去。

當時我很有意識的想要講一種自以為很純正的華語，想盡辦法不讓方言從我的嘴裡吐出來，每天對著新加坡電視臺的華語頻道學新聞播報員咬文嚼字，自然不可能「痴線」隨便頂別人的肺。學校推行講華語運動，跟同學交談要用標準華語。「標準」是什麼？在哪裡？誰都不知道。只是學校有明令：不准講方言。一個方言一角。我一天的零用錢不超過五角，犯不著跟錢過意不去。聽說北部講廣東話的霹靂州可絕了，學生的伎倆是硬把方言翻成華語，廣東話「食嘢」講成華語「吃嘢」，擺明找碴，看你罰是不罰？

可是沒有口頭禪好像連話都不會說，於是只好 **Allah** 或 **alamak**！隔壁那位胖胖的馬來 **makcik**（大嬸）很閒很愛做菜，常常給我們送吃的。她幾乎每天都來我家聊天，耳濡目染之下我接收了她的口頭禪。不是方言，又有口頭禪可用，而且同族異族通吃，多好。

在學校被壓抑，回到家裡跟妹妹用雜菜話聊天打鬧於是像發洩，把各種方言混華語馬來語和英語盡情講得天花亂墜，用印度粗話跟偷採芒果的印度小鬼對罵。有限的單字用盡，再把印度小孩必然聽得懂的馬來話再狠狠罵回去。跟他們罵架使用的語言如今想來令我臉紅，那些大多跟生殖器有關的粗俗詞彙，換成客家話或華語無論如何我說不出口，可是轉換成第三或第四語言，彷彿便跟教養無關，不過是情緒的出口，表達的工具，管他雅或俗，教養不教養。

我不像父親，他使用任何一種語言都保證乾淨，對別人親和有禮是他一貫的行事作風，對家人發再大的脾氣也別想聽到粗口。除了幾次，他把粗話當笑話講。我們都詫異的笑了。

「不准講爛口」，客家話管粗話叫爛口，好像講了就要被打爛。從小到大，我們家姊妹沒膽在父親面前違逆這條鐵血家規。父親不知道，母親暴怒時也忍不住把生殖器丟得到處都是。大概童年的母親跟我一樣頑劣難馴，一到緊急時刻，那些埋藏許久的違禁品越過時空傾巢而出。有時我不禁猜測，母親該不會把爛口當成口頭禪吧？

那又怎樣？如今的年輕人不都時興開口閉口靠來靠去。他們說得很順口，我聽了還是忍不住皺眉，嗯！Allah 優雅多了。

別嫁馬來人

晚上十點半同事來電。竟然十點半還敢打來；竟然說很急，要問我幾個馬來文單字。十點半，我處在半睡眠狀態，意識放模糊了，一隻腳快踩到夢土，如果不是好奇，早就跟對方說晚安等我明天睡醒再聊。

只是幾個簡單的詞彙，語法和發音，為了論文。想也知道，沒事學馬來文幹麼？臺灣人欸。若非生存和升學的雙重壓力，許多馬來西亞華人對馬來文也不屑一顧吧！有個在當地大學任教的朋友對馬來文簡直深惡痛絕。我非常非常討厭馬來文，能不用就不用。語氣平靜，可是聲音裡糾結著深沉的痛。在考試、公文、會議和升等論文答辯中，馬來文挾著「國語」的政治優勢和種族情結變得面目可憎，這是馬來文的宿命。朋友的態度不是個案，他揭開的是華人流血流膿的瘡疤，幾十年來從沒結痂，也不會結痂。被一種厭憎至極的語言包圍和生活，唾棄著，詛咒著，卻仍然得皺眉說出它。馬來西亞華人的宿命嗎這是？

你們住油棕園的馬來文好，當然不覺得。多麼熟悉的說話方式，我覺得自己又成為被趕出圈外的旁觀者，旁觀我族在語言苦海沉浮掙扎的痛苦。不同的生長環境和教學體制，從中學到大學，在鄉或離鄉，我們跟馬來文的關係，被這種那種無法控制的條件制約著，變成錯綜複雜的情意結，再扭曲為衡量生命對或錯的價值判斷。從前我的同學不也說，你從小跟馬來豬一起長大，馬來文好有什麼了不起？馬來文不及格得留級，厭惡馬來文於是連誅種族，馬來人禁吃豬肉，絕不養豬，那最好，乾脆幫他們跟牠配種，用語言生出歧視。

再來是父親。父親認為他這輩子做過最正確的決定，是不顧祖父母的反對，毅然離開錫礦公司，攜妻女南遷馬來半島最南的柔佛。他每回這麼說我便在心裡嘀咕，有什麼用？你的霹靂脾氣到了柔佛卻一點都沒改。當時霹靂州的錫礦業尚在顛峰，一如霹靂的馬來文 **perak**（銀）所喻，那裡遍地錫礦像黑銀，礦湖處處，水色映天，礦湖底下全是花花綠綠的鈔票。

留在都是華人的萬嶺新村，馬來文不好，死路一條。父親喝了黑狗啤 Guiness stout，臉微紅，面露得意之色，講話的音量明顯提高。Pamol Estate 住久了，連妳媽媽的馬來話都講得呱呱叫，還會講幾句紅毛話。紅毛話，英語，這個戲謔的叫法有點大中原有點種族歧視，難道外國人都紅髮紅毛嗎？每回聽到長輩使用這個謔稱，我腦海便浮現人猿（orang utan）。小時候跟馬來朋友吵架就常互罵 orang utan，當時不知道這種動物智商極高，等於沒罵到。

父親一直認為南遷是遠見，為下一代提供最好的語言學習環境。從現實生存的角度想，也許父親是對的。Pamol Estate 一住十幾年，華人沒幾戶，於是成日跟馬來人印度人瞎混。母親十分擔心我們嫁馬來人，信回教不能吃豬肉，絕對不可以，聽到嘸？她繼而指著讀幼稚園的弟弟，你老是跟那個馬來妹走一起，娶馬來人要入回教，不能養狗，你捨得 Tirex 嗎？Tirex 是隻黑得發亮的土狗，弟弟從小被牠的舌頭舐大，名副其實的舐犢情深。

那我嫁印度人總可以吧？四妹的生活圈子全是印度人，放學回家飯碗一丟就往印度鄰居 Kurma 家跑，被列入印度媳婦的最可疑名單。小妹的玩伴有個叫印華的中印混血兒，漂亮極了的小女生，眼神尤其神祕迷人。現實的母親一點都沒被美沖昏頭，我不要抱黑孫上街，不可以。好吧！語言歸語言，人種歸人種，母親的態度明朗而堅決。到目前為止，母親是贏家。

完美的信仰

早上五點，白頭翁又來啄落地玻璃。一陣猛啄再接著長串嘹亮的清啼，我只好就著迷濛天光起床。這隻白頭翁鬧鐘最近固定天剛亮就來喚我，跟回教徒晨禱的時間接近。清晨五點到六點，是長夏最恬靜清爽的時光，空氣微涼，橘紅色天空幾抹流雲掃過，沒多久太陽就會從雲裡蹦出，開始火燒皮膚汗水奔流的一日。我到陽臺給植物灑水等太陽，忽然就想起油棕園的那座小回教堂。

五點清晨的馬來西亞還徘徊在夜與日的邊界，只有高亢的古蘭經衝破薄霧和寂靜，在微涼晨光中悠揚遠播。聽習慣了覺得那禱告聲非常溫馨，好像帶著阿拉的祝福，一日都將很順利。即便在周末，我依然按照身體的內在節奏在祈禱聲中醒來，再沉沉地安穩睡去，一點都沒有夢境中斷的遺憾。

回教堂外觀有點老舊，可是擴音器非常宏亮。家住得遠，五點多鐘是我的起床時間，回教堂是我的 morning call。從國小到高中，我總是等太陽起床。有時更早，用冰涼的水洗把臉，或者乾脆讓冷水兜頭沖下，把昨夜殘留的夢境沖到水溝裡。接著晨讀，一個小時後，吃頓扎實的早餐，準備上學。

國小上學得走四十分鐘崎嶇山路爬好幾個坡，油棕園晨間多霧，風動油棕葉，滑下一陣露水像雨。新加坡曾經製播一齣本土連續劇《霧鎖南洋》，背景大約是日軍占領新馬的三年零八個月，我腦海即刻切換到油棕園，那才是現實的霧鎖南洋畫面啊。

我讀的學校叫大象村華文小學，聽起要上學的好像是大象，大概華人村落以前是群象出沒之地。我們都習慣稱它 Kampong Gajah，佳雅新村，直譯大象村有點卡通。小小的學校人數很少，學生加起來不到兩百，老師不超過十個，最大的特色是一位馬來老師，馬來學生和印度學生各一。外加一項，我讀小六時，除了小四那班，每級都有一個叫「鍾怡×」的女生，鍾家五姊妹無人不識。

馬來老師在華小教馬來文不奇怪，馬來同學念華小當時可是奇觀。馬來老師我們叫 cikgu（老師），同學名叫 Osman，兩位都是運動健將都瘦瘦長長，cikgu 是羽球隊的指導老師。我母親說馬來人一天sembahyang（拜拜）五次，一年齋戒一個月，肉才長出來就用掉了。花太多時間禱告，又不吃豬肉，齋死喔。我母親似乎非常在意吃豬肉這事，她只讀到國小三年級，然而對世界和人生自有一套獨特的理論。奧斯曼轉學過來之後，她開始警告我，別跟他太好啊，馬來人做朋友可以，男朋友不行，做老公？冇得kin（沒得商量）。天啊，我才四年級她說哪年哪月的老公？到了六年級，她有意無意又提Osman，馬來仔成績輸妳，絕對不可以當老公，老公一定要比自己強。

奧斯曼小四時從別的華小轉來，到畢業為止，成績一直緊咬在我後面，全班第二。他的華語讀寫都很流利，講起華語帶點輕微的馬來腔，有一次他得作文比賽佳作，華文老師用力搓他瘦長的頭叫我們以他為榜樣。他沒來之前cikgu非常寂寞，華小同學大都來自華人新村，馬來文聽半懂，我們家姊妹都是他的傳話筒兼翻譯。Osman來了之後，cikgu他鄉遇故知，成了哥倆好。cikgu騎一臺拉風的野狼機車，放學後乾脆把Osman載回附近的馬來新村。

生龍活虎的兩人在齋戒月時成了病貓，有時課上一半cikgu叫我們自習，他垂首坐在黑板下面打瞌睡，這段時間華文老師也盡量不讓奧斯曼唸課文。沒有喝水跟進食，一個沒力氣教書，一個沒精神讀書，我們下課吃點心時都有小小的罪惡。我母親把puasa（齋戒）講成掛沙，她說掛沙時沒力工作不能喝水吃飯。馬來人掛沙時累死你爸，他們的工分給你爸，自己躲樹下喘氣。

那也沒辦法。馬來西亞那麼熱，不飲不食光流汗，從日出等到日落只出不進，要怎麼工作？真是天曉得。多少年了，馬來西亞的經濟也沒怎麼大壞，還有石油撐著。信阿拉得石油，回教國都有石油不是嗎？缺石油的國家早該改信回教，想減肥的女生，也是。

吉寧之家

放長假的下午，我家有兩種極端狀況。客廳和睡房東一條西一條躺了人，小偷可以大方進來，微笑著不慌不忙取走物品。要不，幾個妹妹閃到別人家更大的房子涼快去，乘機躲開母親的指使，家裡於是空蕩蕩地只有風推板門的咿咿呀呀。我比較倒楣，同學沒一個住工廠區。油棕園分ABCD四芭，我們屬於A芭近工廠，我有四個同學住最近的B芭，隔好幾個山頭，坐車得四十分鐘，相見不如懷念。況且他們家割油棕，住的房子比我家還小。算了算了，老大勞碌命，我就累了睡，醒來接受母親差遣。

為了買東西方便，我學會騎摩托車。自學，無照。反正油棕園裡沒警察，只要沒撞人沒摔死，不騎出油棕園，許多人就這樣騎一輩子，我母親就是。她非常驍勇，甚至征服崎嶇山路接送小妹小弟上下學，到大象村買菜買雜貨。摩托車光明正大一點不心虛經過警察局，停到雜貨舖警察局正對面，從容買了東西大剌剌騎回來。父親說他已經做好心理準備，哪天得到警察局保釋母親。母親卻很爭氣，父親的預言從沒實現過。

母親最常給我的差事是找人。去找阿美回來，一定在大財庫家。赤日之下，我不情願的出了門。大財庫是公司管錢的印度先生，位階很高，留八字鬍、著及膝卡其褲、白襪黑皮鞋，不苟言笑且目不斜視，握著神氣的手杖，叩叩叩走路有風。如假包換的英國紳士，他的婚姻和家庭，卻是油棕園裡說不完的茶餘飯後，不可公開的傳奇。他太太是他姊姊。換而言之，他們的小孩原來是彼此的甥姪，該叫爸爸舅舅，母親姑媽。

姊弟通婚的悲劇。存活下來的五個兒女或精神錯亂，或身體有缺憾，只有最小的女兒是「正常」的。先是二兒子間歇性發狂，拎著巴冷刀張狂疾走，母親驚嚇過度，連門帶窗鎖實，一連數日不准我們外出。我腦海裡如今還停留著少年抄刀砍空氣、我們慌張關門的畫面。大太陽底下，那場景讓人打好幾個冷顫。

在鄰居的壓力之下，少年送入療養院，從此就再也沒出現過。四妹阿美於是更加放肆，成日窩在財庫家變成半個印度女兒。她跟大財庫的四女兒非常要好。那個四女兒，唉！豐滿碩大的體態，卻有一雙軟腳。母親最常問阿美，那個 Guli 大妳這麼多歲，有什麼好玩喔？

母親分不出 u 和 o 的差別，捲舌音 r 則唸成 l，叫 Gori 的印度小姐硬是被母親喊成 guli，陀螺。陀螺小姐急起來嚴重結巴，短舌頭把一堆話含成爛泥，誰也不知道她急什麼。也就罷了，最驚險的是，前一秒她還好端端走著，突然兩腳一軟，竟直挺挺的跪下去，管他黃泥路泊油路，高溫幾度。她的膝蓋因此很可憐的總處在結痂或血肉模糊狀態。

那個軟腳蟹的媽沒腦袋，要是剛好車來怎麼辦？給她四處走，要死了。母親邊罵財庫婆邊訓阿美。她最怕瘦小的阿美被大塊頭的陀螺小姐壓個正著，叮囑她千萬別走人家前面。阿美被罵被打被禁足，還是溜出去，母親無可奈何也就只好放牛吃草。冇辦法，吉寧（keling）人的咖哩好吃，吉寧味比較香吧？

長期跟印度人在一起，阿美開始跟吉寧人看齊，答「是」時，她竟然學印度人搖頭。陀螺小姐額心抹藍阿美也藍，人家拜拜點灰阿美跟著灰。阿美有一回牽著橘紅紗麗的身影打紫薇樹下徐緩走過，那纖細身形不是陀螺，竟是鮮少露面的盲眼大姊。被風吹落的漫天紫薇打在兩人身上，那畫面，美得殘酷。

我騎著摩托車從財庫家經過，沒敢把這事告訴母親。撲面而來的熱風，為世界蒙上一層薄薄的塵灰。

我們的青春

馬來西亞最近放連假，屠妖節之後是周日，周一補假再接著開齋節，加起來總共七天。母親說，印度人跟馬來人一起過大節，如果還住Pamol，一定很熱鬧，很多東西吃。頓了頓又一口咬定，妳一定不記得什麼時候Deepavali跟Puasa，臺灣不放假的嘛！有一點我和她是兩個世界的人，過不同日子的認命語氣。

母親這麼一說，我忽然想起從前坐同一部校車的華人女孩，我們叫她的姓Teo，要不就喊廣東名，音譯國語大概是瓊玲。Teo是華人，可是輪廓深邃，長得像混血兒，神似現在當紅的模特兒香月明美，比較特別的是，她後來嫁給馬來人。那位馬來先生，就是每天接送我們的校車司機瑪末。近水樓臺先得月，便宜了那中年男人。不知道她有沒有跟著瑪末「掛沙」（禁食）一個月？有沒有響應政府鼓勵馬來人多生的政策，膝下混血子女成群？少女時期便十分豐腴的身材，婚後該不會一發不可收拾，像她的混血媽媽一樣吧？我不敢問她的消息，只要跟「生小孩」有關的話題，母親講起來包管失焦，而且沒完沒了。

Teo跟我同年，不識華文，她從小讀政府小學，連中文名都不會寫，倒是華語、英語、廣東話和馬來話說得很溜，跟弟弟也講馬來話。每天清早我們在晨霧中一起等校車，四下還是七分黑的黎明，大地像浸泡在薄荷茶裡，吸到肺裡的霧氣濕涼濕涼的。Teo渾身飄著皂香味，一路搖擺到候車亭。

我念的獨立中學像軍校，規矩多課業重，書包左右兩肩輪著揹，用壞了好幾個。撐裂，或帶子不堪重負自盡。臃腫的書包無論如何都瘦不下來。Teo讀政府學校，書包跟神色一樣輕盈。星期五是政府學校的課外活動時間，她穿白色T恤透出清晰的內衣痕，裁得短短的天藍色褶裙扇呀扇。上下車時那危險的長度遊走於曝光邊緣，她卻自在得很，乳白色的大腿明目張膽，根本無視於眾多男生或女生，各色人種貪婪好奇的張望。無敵青春，跟年紀不相符的早熟豔光，亮閃閃地。

有一回她辦生日派對邀我。十七歲的我被三個攸關性命的大考試逼得瀕臨崩潰，瘦剩一把骨，幾乎快得厭食症，很失禮的只祝她生日快樂，連卡片都沒回。那時跟父親的關係降到冰點，我一心想離家，把希望完全交託給文憑，一口氣報考商業文憑考（LCCI）、高級會考（A-LEVEL）和教育文憑考（SPM）。這三張證書都是我的可能，非優等不可，除此之外，我看不出來未來的形狀和位置，於是拚了命沒日沒夜地讀。那兩年，除了書，我對什麼都沒興趣。

獨中生其實不需要參加高級會考或教育文憑考，Teo需要，但她看起來一點都不在乎，當時我以為長眼大臉，唇色緋紅，長相大氣的Teo，是富貴好命相，考得好跟不好一點都沒關係。她跟母親感情極親，常常結伴到處吃美食，半夜夥同朋友開三四十公里的車到外埠吃喝玩樂，完全不被油棕園封閉。我卻連通車的時間都埋首書中，分秒必爭，想像自己離家的可能性又大一些。

上學時窗外是未透光的黎明天色，霧濛白茫一大片，陽光要八點以後才能突破重圍。然而青春的放浪和狂熱在我周邊燃燒，我感覺到熊熊的熱度和光亮，幾乎被灼傷。校車擠滿五個不同中學的學生，馬來或英文情歌在擁擠的學生中流竄，年輕男女打情罵俏、眉來眼去，校車裡的青春如此騷擾和喧囂。最公開的是馬來仔馬來女孩，身體和言語的碰觸毫不羞澀。這就是青春。青春是那樣的熾熱狂放，沛然不可擋，哪裡是回教戒律可以規範拘束？Teo 是他們的核心，大我們十幾歲的瑪末總把靠駕駛座的位子留給她，也放任她跟同年紀的男孩子們調情。Teo 不坐，舒服靠著的是不重的書包，她總倚著座位，好方便跟男男女女嬉笑玩鬧。

生日派對結束之後，某天等車的清晨，Teo 把狂歡的大疊照片給我看。低胸紫紅晚禮服，膚白如雪。擁抱，接吻，酒精，陌生的華人和印度男女。當然沒有瑪末。馬來人不能喝酒。

可是最後她嫁了那個無法參與她青春慶典的男人。至於我，那三張要命的優等文憑一張都沒用上。歷經幾次搬家，它們形同廢紙給扔掉，一如被我遺棄，也遺棄我的青春。

錯過的那場舞會

耶誕到新年，舞會的季節。十二月初就迫不及待了。在油棕園還是英國老闆的時代，我非常期待年終歲末。那時從不眷戀舊年，恆是狂歡的心情。現在呢，裝作無所謂其實很不是滋味的把舊年悄悄送走。我從小厭惡喧鬧，然而節慶氣氛確實誘人，封閉沉靜的油棕園生活難得的大規模活動，因此大人小孩都在拼湊晚會的內容。我也難得的被深深煽動了。

父親是油棕廠的電力工程師，舞會的燈光變化是他和他同事的責任。每年年底他們跟高層開一次會，挖空心思變出一個個跟往年不一樣的年。父親是個恪守本分的員工，口風很緊，問他今年的燈效跟去年有什麼不同。去了就知道。他總是這樣說。

剛開始晚會穿插小朋友跳舞。總經理的太太要小孩子在耶誕和新年晚會各表演一次，因此小三時我跳過〈沙里洪巴〉。不知道是誰的編舞，我早忘了舞步，只記得手部動作很多，頭像跳印度舞那樣得左右擺。一周有三四天，下午三點多鐘，小巴準時開到家門口，把小舞者載到山頂那幢別墅，我們稱為club的洋樓裡。一群年紀相仿的小孩，印度、馬來、孟加拉、巴基斯坦、華人各色人種，在新疆民族舞蹈裡種族大融合。那一個多月，我連做夢都在沙里洪巴唉唉唉。

結果，我只記得那晚誇張可怕的妝，抹在唇上的劣質口紅。我一直想吐。

表演之前不准吃。我們被這樣警告。化妝的胖安娣怕妝弄壞，又擔心花豔舞服、流蘇毛帽沾上食物，我則怕把口紅吃進肚裡會中毒，連水都不敢喝。那支口紅，大概又是哪個經理的太太樂捐之物。第一次我對食物失去胃口，非常討厭這種娛樂別人的集體活動。後來幾年的表演我堅持不參加，每年跟朋友結伴到club裡去純粹大吃特吃，喝酒喝汽水，讓別人娛樂我。想到演出者微笑底下的噁心真相，我不由得同情的笑了。

表演結束才是高潮開始。舞會時間，屬於青少年，或成年人。高分貝的音樂，霓虹走馬燈，閃爍的光影。那種脫序的狂歡很有感染力，很快的我就學會了搖擺，小六時就夥同朋友們夾在大人堆裡亂搖。反正燈光昏暗，彩燈之下大家都有一張妖臉，只要不踩到人，同時防著別人踩到就好。舞會完畢隔天彼此取笑，誰沒有節奏感，誰的舞姿像猴子被滾水燙到，誰又踩了誰的腳；哪個安哥原來有隻鹹豬手，哪位小姐很青菜，人來人好，好婆（花痴）一個。馬來仔瘦瘦的舞技一流，馬來女孩長袖長裙戴頭巾，簡直是群鬼影舞者。我私底下笑過她們，她們覺得彆扭，可是不介意。是呀，誰願意白白浪費免費吃喝玩樂的機會？

印象最深刻是高二那年。因為跟父親鬧翻，我負氣離家出走，在學校附近租房子。某天上課，傅忽然出現。傅是父親帶的農業大學實習生，中文很不輪轉，常在我家吃飯聊天。他出現在教室門口，引起同學一陣騷動，未婚的馬來文老師好奇的看著我，欲言又止。我只好臉紅紅的出去了。他邀我回去參加舞會。

我沒有舞伴，而且妳很久沒回家。傅有點緊張。沒舞伴關我什麼事。沒回家也不關你事。我又窘又氣。教室一片安靜，有五十對豎立的耳朵等待我的答覆。

我忘記怎麼走回座位的。事後從妹妹那裡得知他獲得父親授權，名正言順因此膽子特大。那年我沒回去，可是滿腦子的舞會想像，覺得有些失落，又說不出到底失落了什麼。那場故意錯過的舞會。錯過的，其實不止是一場舞會。那晚，傅的舞伴究竟是誰？

拿督公之家

不是回教徒卻不吃豬肉的華人，在馬來西亞大概算是少數民族。妹妹的同班同學豬女就是。豬女一家六口，全都長得頂天立地。豬女從小學跟大妹同班到高中，兩人住得近又要好，可是她怎麼看都不像同齡玩伴，站在我妹旁邊像座山，比較像摔角或相撲選手，我妹則像是倒水遞毛巾擦汗的小跟班。

其實豬女叫劉瑞珠，因為上課常打瞌睡，從小被同學戲稱為劉睡豬，我們就豬女豬女親暱的喊她。這個名字很有喜感，豬女的外形也讓人想到馬來西亞的草根演員肥婆，她在《四喜臨門》的角色深入民間，跟瘦瘦的韓英是絕配。祖母喜歡「聽」這個本土劇，邊罵邊笑邊說「發冷貨」，該死的傢伙。長大後的豬女神似肥婆，十六歲的少女因為福泰厚實的身形，而有著婦人的成熟模樣。買不到合身衣服無所謂，就剪布量身訂做吧！然而總挑花花綠綠的老式花色，穿起來像中年女人。

有一回豬女一身綠葉襯紅花來我家拜年，新燙一頭大鬈髮，從背後望去，像是孩子成群的福氣媽媽。我們「阿嫂」「阿嫂」的喊她，她張開厚厚嘴唇露出整齊白牙呵呵笑。她母親跟我媽閒磕牙時說，這麼大塊頭，很難嫁，要跟在身邊養老了。我媽安慰她說，馬來人也是這樣呀，留個女兒照顧兩個老的，好過跟媳婦住囉。

小時候我們走山路上學，四十分鐘爬坡路她走得臉不紅氣不喘，每天那麼八十分鐘爬坡，她還是高壯依舊，因為食慾旺，不節食不挑食，她母親還常常叫我們別請她食嘢。我家煎麵粉粄喝咖啡烏，她剛喝完自家的下午茶，來我家也麵粉粄咖啡烏。我家煮咖喱雞肉餅蒸鹹魚，她也照樣咖喱雞肉餅蒸鹹魚配大碗飯，好像自家的晚飯不算數，標準的飛象過河。第一年在油棕園過端午，母親裏了幾煤油桶粽子，大妹拎了兩串過去豬女家，卻罕見的原封拎回。她們不吃豬肉。大妹說，阿豬家拜拿督公。

可是，她叫豬女……

拿督公在後面的大樹下，那堆石頭。大妹點醒我了，豬女家後面有個養蜂的大木箱，從來我只敢遠觀。樹下那堆不起眼的石頭小山，有時擺幾樣水果，插幾枝香，很有點祕不可宣的況味。從前住新村時野到天黑才回家，祖母和母親常常恐嚇我們，拿督公捉妳去就死了。要不就是：天暗大伯公要抓人了。小孩子哭鬧哄不停也被威脅，再哭，大伯公來了，拿督公也來了。用手胡亂比兩下，表情陰森森地。

拿督公大伯公，小時候我怕祂們怕得要死，比老虎來了還恐懼。尤其大人說話的聲調和語氣，好像是油鬼仔出籠了。後來我才知道祂們都是福德正神，土地公嘛，客家人叫大伯公。大伯公廟我去過好多次，笑咪咪的大鬍鬚老伯伯，有什麼好怕？拿督公比較稀罕，新村裡沒人拜，有的戴宋谷（songkok）穿沙籠拿 krisis（刀身呈波浪狀的馬來劍），完全是馬來人打扮。那是大伯公入鄉隨俗的變裝秀，保佑的其實還是華人。不過既然現馬來相，就不能拜豬肉或有豬油的供品。不能拜燒豬肉，好可惜，祖母說。我們特別愛拜過神的燒豬，神吃過的燒肉皮特脆，肉質也格外香。

我們家人太愛吃豬肉，回教被視為拒絕往來戶的原因只有一個，不吃豬肉。大部分華人聽到信回教，第一個反應都是，那就不能吃豬肉，不習慣的啦。豬肉是華人文化的精髓和指標。從前祖母說不吃豬肉腳會軟，人沒力，不吃豬肉不算華人，餐餐都要半肥的肉。豬腳醋、排骨湯、梅乾扣肉、鹹魚肉餅，總之豬要以各種各樣的方式出現在餐桌上。

祖母的理論半錯半對。豬女的體力，好的咧。前幾年我回家，豬女嫁人了，嫁給馬來人。她姊姊也嫁了，嫁給管理油棕園俱樂部的，哎，也是馬來人。不吃豬肉的拿督公，果然把祂的子民都送給馬來人。

男人味

在我的生命經驗裡，男人跟髮蠟的關係，就像童話裡的國王與新衣。國王穿上看不見的新衣，男人抹上看不見的髮蠟。沒有新衣和髮蠟，他們都出不了門。那時候如果有人問我，你認為男人最不可少的是……，我一定會說，髮蠟。身邊所有的男人都用髮蠟，客家話稱那膏狀之物蠟油，蠟狀之物抹得頭髮油光水滑。家裡的兩個男人，同學到老師，公車上不相關的異性。蠟油味成了男人味的代替品。這要命的男人味。所有的男性都少不了這油膩之物，馬來西亞的男人，穿上蠟油和衣服才能出門。

那時代的男人幾乎全用這種傳統美髮品，除非像我祖父，理個接近精光的平頭，鬍渣似的短髮，一輩子不必花這沒必要沒個性的錢。即使抹了蠟油，他身上的酒氣，也會把蠟油味覆蓋得不留痕跡。父親和小弟就共用一罐淺藍色蠟油，梳子插進去，大坨抹上頭，把整頭乖張的髮打理得服貼聽話。蠟油帶點薄荷味，就像西方男人用香水或古龍水，對我的鼻子而言，那種文明之物統稱人工氣味。有品味的男人絕不用，他們有他們自身的味道。

那時候蠟油只有罐裝，就兩個牌子，紅罐白字，或藍罐白字的brylcream，要不就用code 10，綠底白字。從前父親有一頭囂張的髮，他天生鬈毛，髮量多，蠟油一買就半打，囤著慢慢用。這是母親的精細算盤，買多了可以減價。等到小弟開始上幼稚園，蠟油就跟他的生命脫離不了關係。小學時的「健康教育」課，沒抹蠟油的男生全被老師鄭重警告，沒梳頭出門，下次罰你跑操場五圈，扣三分。老師的頭打理得老老實實，身上是肥皂味加上蠟油味。這可憐的老式男人，大概一輩子都離不開brylcream或code 10的魔詛，閉上眼都可以看見他可預期的一生。

我有一個要好的男同學，他是典型的沒髮蠟出不了門的油頭男。小三時他從都市轉學過來，乾淨瘦弱的清秀男生。這城市男孩走山路會喘，晒久了頭暈，跑操場心悸。看看他擦汗的模樣，除了嘆氣，實在不知道該說什麼。他從口袋裡扯出疊得方整的手帕，拭一下額頭，輕得不能再輕的力道，唯恐擦痛薄薄一層嫩皮。那斯文秀氣，哎！難怪同學們背後叫他pontan，娘娘腔。當時他的頭髮被推選為模範頭，再怎麼流汗颳風下雨都不狼狽不淩亂。雄性的蠟油在他身上徹底向中性或女性傾斜。他搬入油棕園後，跟我們一起走要命的山路，很倒楣的我因此遭殃，被同學視為一對。他在我前面走，婀娜的搖擺幅度，濃烈的蠟油味混合肥皂味，油棕園裡的青草味。彷彿聞到新合成的香水，我忍著快爆破的笑聲，這男人，唉！他是我的好姊妹。

好姊妹升上高中後開始叛逆，他改用時髦的果凍膠狀美髮品，整頭抹濕，耳上兩側頭髮推得極短，像露出土地的微禿草皮。額頭故意撇下兩小撮髮絲，他老是用手去撩它們。這頹廢龐克風很矯情，他就這麼造作的讀完高中，不太快樂，因為女孩子嫌他太娘。沒藥救了，本性難改。他訴苦時我想坦白直說，又覺得殘忍。就像club的游泳教練，渾身散發爽身粉的氣味，泡在水裡幾小時都沒散，卻陽剛得很，頭髮花白了，卻給人時髦的活力感。那獨一無二，比什麼香水古龍水都令人難忘的爽身粉味。這也是本性難移。

我聞過最男人的男人味，來自爽身粉。嬰兒使用的，最柔軟最無侵略性的附著物，卻擁有強大的穿透性。難怪蝶式我一直沒學好，一來它比自由式和蛙式難，二則教練一靠近，我便開始暈眩。泡過水的爽身粉，迷魂散似的男人味。

他教了許久我仍沒抓到要訣，便開始用手托我的腰，邊說邊示範用力的方式和角度，一口英式英語優雅而紳士。我還是沒辦法集中注意力。喔！那令人無法抵禦，柔弱勝剛強的，男人味。

摸黑上巴刹

四點多起床時，只有巨大的蟲鳴鋪天蓋地。長夜未盡，我的一天已經開始。老人家才這樣。母親這麼說我。除了狗，房子裡只有父母親跟我會比太陽早起，有時我甚至比他們更像老人。譬如此刻，搬離油棕園之後，第一次返馬。新房子的新床上，闔眼沒多久便醒來，把房子的結構和環境在腦海溫習一遍，可是蹦出來的依然是舊家的布置。跟油棕園一樣的獨棟房子，明淨而光亮，沒有灰塵、蜘蛛網，沒有讓人尖叫的蟑螂，更像玻璃屋或無菌室。太透明太新了，缺乏層疊的時間光影，人的氣息。我躺著不動，就讓天光來喚它吧。

然後是母親。輕重不一的腳步聲穿過客廳，拐入廚房。更年期之後，母親跟父親一樣睡不晚，父親休假時，兩人乾脆結伴摸黑爬山。看不到怎麼走？我很懷疑，早上五點哩，天暗暗。拿手電筒啊，母親瞟我一眼，六點去都有人下山了。聽母親的語氣，好像天亮去爬山很丟臉。這些退休，或準備退休的中老年人在比賽早起嗎？拎著手電筒在山路上喘氣流汗迎接曙光，又在晚上八、九點，天黑沒多久就上床，不必進膠林了，還把日子過得跟割膠時一樣。

母親探頭進房，低聲問，喂，爬山，去冇？不去，帶手電筒去好怪。那畫面光想像就有說不出的荒誕。黯黑的天地間，一圈圈移動的亮光，一條條蠕動的幢幢鬼影。同個時段，膠園裡也有相同的場景，不過那是苦命人額頭綁著煤油燈在拜樹頭（割膠）。我的父母親，好不容易挨過苦日子，卻成了老想找事殺時間的無所事事之人。

說是不去，還是下了床。我要去巴剎。

燈火通明的傳統市場，在黑夜裡發光。望著這座像外星人艦艇的半透明現代化建築，我有些遲疑。巴剎欸，長這樣？馬來政府哪裡來的現代化點子，把好端端的鐵皮篷改成四方盒，把人、肉和菜全塞到摩登房子裡。從誇張的顏色和炫奇的設計看來，它像一個打包好準備送人的禮盒。我的天，巴剎？這跟摸黑爬山一樣不可思議。

踏進去簡直恍如隔世，裡外的世界多麼兩回事啊。馬路上沒車沒人，只有路燈靜靜等待黎明，巴剎卻熱絡得跟過年一樣，還是三十年前的老樣子。熟悉的血腥髒污，人跟人的摩擦，叫賣兼還價，丟來丟去的粗話。生食和熟食，香味清澀味腥膻之氣包裹在清晨的冷空氣裡，那就是久違的巴剎味。穿涼鞋的腳總會被地上的污水染指，再小心都沒用。那些陳年污水必然養著成精的細菌，放在顯微鏡下，說不定還會跟眼睛扮鬼臉哪。

從前老家街場的巴剎就是這樣，沒有現代化都市「我很高興為您服務」的觀念，賣家直接得無禮，買東西得「挨刷」。祖母有時喚我去買乾撈麵外加兩顆魚蛋，等麵的空檔，不時聽到隔兩檔的顧客嫌豬肉佬的貨不夠靚或不足秤。豬肉佬不陪笑臉，還老實不客氣教訓人。做人不好這樣，不鍾意我的貨去別處買，毋使嫌三嫌四。他的白背心濺滿肉屑和暗黑的豬血，臉橫得走樣。

三十年不變。眼前的巴剎還是從前的巴剎，母親寶刀未老，殺起價來可真生猛，魚肉菜斤斤計較，站在旁邊的我像個呆子。在這方面，我是低能兒，只有買，或不買。就差那麼幾角錢，值得耗時耗唇舌嗎？況且一大清早做算術，算了算了。就在母親跟攤販還價的時刻，那電光火石瞬間，我忽然明白，為何半睡半醒之間，直覺做了投奔巴剎的決定。

捱日子

經歷那段朝九晚五的工作之後，我很清楚，就是這種了，我絕對不要的生活。當流浪漢都沒關係，至少自由，就是不要囚犯生活。朝九晚五，有時是朝九晚於五，坐辦公室吹冷氣，好聽的講法是規律白領，講徹底了就是高級囚犯。

被囚禁的屈辱。屈辱的感覺來自高不成低不就。高中畢業生滿街跑，十八歲，嫩芽一枚，被踩得扁扁死死，任何出過社會的人都可以頤指氣使，就為了三幾百馬幣忍氣吞聲。這難堪數字，在山城居鑾剛夠生活，休想奢侈。一點都不行，添件衣服都得考慮許久。精打細算的腦袋常很悲情的出現「女工哀歌」、「被資產階級剝削」之類的自憐想法，而且憤怒。原來讀書是沒用的，剛碰觸社會就有了憤怒青年的樣子。

等成績的空檔，非常徬徨。畢業了不能當蛀米蟲，父親的脾氣，母親的眼神，唉，我最好找點事做。還在統一考試，我已經開始找工作，匆匆翻完報紙上考場，考試結束隔天我便去面試。一家市區的製衣廠，非常沒自尊的薪水。縫衣女工如果手腳俐落，賺的絕對比我多，而我是號稱坐辦公室，但全廠薪水最屈辱的那種。一周工作六天，離開辦公室時，星星滿天。「捱」過一日，說得多麼好哇這有感情有重量的「捱」，唸起來有種打落牙齒和血吞的辛酸。用客家話或廣東話讀來尤其沉甸甸。我確實頭沉腳也沉，唉，生活剝開外表時，竟然如此粗糲。我忍受那痛苦的摩擦說服自己，過渡時期而已呀，忍一忍。

工廠提供住宿，被迫跟陌生人同處一室，真是大折磨。我不想上班，更不想下班。臉部肌肉都累得往下掉，還要裝笑臉。這比屈辱的薪水還讓我難捱。室友是跟我差不多大的輟學女孩，車衣女工的小組長，我恍神時總被她曲解為高傲，看不起她沒讀到書。這人從頭粗到腳，從頭髮到走路的姿勢，說話到睡覺。她會打鼾。如果不搶在她入睡之前睡著，接下來的漫漫長夜便無夢可入，只有放平身子聽鼾聲了。我試過用枕頭摀耳，猶能聽到囂張的鼾聲。只好失眠了。失眠的夜特別漆黑，長夜漫漫前程茫茫。渺茫的未來，唉。白天所遭遇的人生百態在夜裡重新放映，最壞最黑的念頭，在暗夜萌芽。

那些踩著別人往上竄的可憐同事，脾氣陰晴不定的中年女上司。她擺臭臉時整個部門像放了臭豆腐。她高興時我們也不敢造次，有跟的鞋太招搖最好別穿，走路時踩出噪音，容易引起打雷閃電。每天中午大家同桌吃飯，她總是心事重重，對照我的食不下嚥。那陣子我的胃病一直沒好，臉有菜色，頭痛，強打精神工作。上班胃痛，下班胃痛加失眠。工作老是出狀況，算錯女工的車件，填錯布料用色，配出來的車線對比色差太大。徹底對名牌死心。

成衣縫上品牌，躍上專櫃，價格立刻翻幾倍。所謂時尚和名牌，不過如此。那幾個剝削過我、讓我胃痛加失眠的牌子，絕不可能出現在我衣櫃。它們害我吞下許多胃藥和頭痛藥。這樣賣命的結果，卻是「僅得溫飽」。我是第三世界國家中的第三世界，毫無反抗能耐的弱者。意識到這點，愈覺得屈辱。

那時我常加班。放工鈴響時，女工們打鬧著從落地玻璃經過，昔日眷顧我的夕陽再也不理我，只往她們的笑臉鍍金。中壢的假日火車站和街道，那些結伴的外勞臉上，依稀有往日製衣廠女工的笑影，無重量無厚度，像飄浮的雲，全然沒有被囚禁之人對生命迷茫的張望。三個月的工廠生活早已遠去，捱日子的屈辱在心裡畫下傷痕。
回想起來，有點不堪，有一點點，心酸。

藏的本事

大概從前的節儉日子過慣了，父親有一回看著外孫啃整顆蘋果，不由得憶苦思甜起來。從前哪有這種吃法的，蘋果至少要切四半，一人要有半個吃就偷笑了。月餅也是，一個月餅切五刀哩，現在小孩整個拿來咬。你妹妹買起水果來真是捨得，那種有毛的貴死了也買。有毛的，就是奇異果，從前沒進口。這幾年水果全球化，超市沒季節感，只要有錢，不分時地總能買到各國水果。

憶苦思甜的事真是一籮筐。豈止水果月餅，從前什麼都嫌貴，什麼都不夠，幾角錢都得省。別人家買餅乾是一斤兩斤的買，我們是整大鐵桶十斤訂進來，而且是蘇打餅，最便宜的那種，母親說這樣比較划算。夾心的、小鹹餅、上面有糖霜的上級餅，可沒這麼大量大方的。十斤餅乾最慢一個星期，最快三天就沒了。山都吃崩啦，這種吃法。母親不明白我們吃完飯才半小時，怎麼還吃得下五六片蘇打餅。她當然更不知道我們有時偷抹牛油，上面撒層細白糖吃得滿嘴油香。牛油白糖加蘇打餅，甜夾鹹，軟加脆，那滋味那口感，很能饜足沒零嘴的舌頭。

偶爾買來三兩斤珍貴的小鹹餅，母親的第一要事是藏。絕不能放廚房。母親藏，我們就搜。衣櫥、床底、雜物櫃，父親收襪子的紙箱。母親藏食物的本事被我們鍛鍊得奇招百出，愈來愈高明。餅乾從廚房進入睡房。開始是收進美祿罐塞衣櫥角落，後來把罐子去掉體積變小，卻又怕引來螞蟻，遂套上幾層塑膠袋，用內衣褲裹起來。於是就有一個怪異的畫面出現了。幾姊妹被吃的慾望驅使著，把家裡可以搜的地方全翻遍，連床單枕頭都檢查過，終於，握著母親的內衣褲欣喜若狂笑開了。

總是缺零食。母親大早起來炒麵炒飯裝盒給我們帶上學，填飽肚子之物沒短過，卻少有零錢。沒零錢就沒零食，老是嘴饞，唯一可以解饞的合法零嘴是餅乾。因此最期盼「寫貨的」趕來救急。

寫貨的是個黑壯的中年客家男人，在市區開雜貨舖。每兩個星期他騎摩托車到幾戶華人家裡寫好貨單，隔兩天再送貨來。他來，必定到廚房。那裡是母親的地盤，她要對著廚房才有辦法訂貨。母親唸，他記錄，潦草飛舞的字跡只他自己才認得。從生活用品到開門七件事，衛生紙、洗衣粉、錫蘭茶、乾麵、油、米，母親腦海裡有一張無字清單。想不起來時寫貨的還會給提示，醬油？肥皂？紅蔥頭還有冇？很久沒買雞蛋了。母親被點醒了似的提高聲音，啊，是了是了，雞蛋三盤。一盤雞蛋二十個，三盤六十。我們果然是填不飽的無底洞。有時母親會突然從雞蛋跳到胡椒粒，聯想力驚人。大概是水煮蛋要撒胡椒粉，因此想到上回煮豬肚湯，把剩下的胡椒粒全用完了。

我要餅乾。也只能要餅乾了。十之八九是蘇打餅，母親在這方面很堅持，少有心軟。

為了省錢，母親還親自幫我們剪髮。五個頭剪下來，總有失手的時候。頂著狗啃一樣過短瀏海的倒楣鬼，除了含淚哀悼那大勢已去的髮絲，還能怎樣？小學時，我們個個看來像戴假髮，髮型一絲不苟，沒層次也不打薄，母親剪得愈整齊，我們愈傷心。

節流之外，母親還想開源。家裡有冰箱，於是她自製雪條讓我們賣，有酸柑、薏米、涼粉、煎堆四種口味。賣不了兩天，她見壞就收。我們收著鄰居小孩那零落的五分一角錢，忍不住就在等生意上門的長長空檔，一條兩條把開源之物全吃進自己肚子。

眾姊妹之中，五妹最得藏之真傳。她藏過非比尋常之物，紀錄至今無人能破。某日母親打掃時，聞到後房飄出難以形容之味。循那味道打開衣櫃，不可思議的，喔，榴槤殼。原來五妹夜讀之際，忽聞隔鄰的榴槤墜落之聲。那重擊實在誘人，深夜苦讀的無聊和飢饞，正需要這濃郁刺激之物。

吃完她突然驚醒，完了，偷了鄰居的榴槤要被父母親罵死。最糟的是證據難滅，榴槤的香變成惱人的臭。深更半夜，除了衣櫃，亦無處可藏。沒想到隔天就被發現了。然而那不顧一切的膽量和勇氣，卻令深為嘴饞折磨過的眾姊妹們，打從心底佩服。

那些曾經存在的

無論當學生或老師，我都非常期盼寒暑假。日子的形狀不是上課時切割成零碎的一段一段，或者一周追趕一周的麵糊型，而是完整的日復一日，過得清清楚楚的。如果不必切出一段回馬來西亞，那就更完美，幾乎可以丟掉日曆上山下海混日子了。可惜這樣的寒暑假很少。我總是要反覆推敲，回呢，還是不回？最後總是在母親和妹妹的親情攻勢之下妥協。好吧好吧，唉！

我已經漸漸不用「回家」這個詞。不知道從什麼時候開始，我意識到回家的不妥，開始自覺的說「回馬來西亞」，對家人說「回去」，不說回家。八年前，父親退休搬離油棕園之後，我的家就從人間消失了。兩年前，父母親再從南部北遷怡保，回到他們和我們姊妹共同的出生之地，那號稱小桂林的美食山城。我知道是徹底告別的時候。收藏著我掙扎成長的小城，瀰漫著焦香、黃塵和黑煙的油棕園。跟家，跟青春揮別，成為東西南北人。

東西南北人的家座落在記憶裡。無家即有家。有家亦無家。十九年前離開時，我已經開始磨練東西南北人應有的生活技藝，因此地理上的家蒸發了倒也沒什麼感傷。就收藏在日常生活的縫隙間嘛，像遊魂一樣附著於現實之物。吃著芭樂，突然我就會懷念從前的紅心雞屎果。臺灣叫芭樂，西馬南部叫芭仔，北部叫雞屎果，名醜而果美。我最喜歡午後雷陣雨再出大太陽的天氣，雨水和陽光催熟了果實，乾淨的陽光照到剛成熟的果皮上，映出翠光，飽吸水分之後尤其好吃。甜中微酸的野味，文明芭樂沒有的香氣，紅色的籽心像寶石一樣晶瑩。半個或四分之一拳頭大小，依依不捨的吃著，沒被饜足的食慾是多麼令人悵然。母親禁止我們吃籽，果心吃了屙不出屎，頭上還會長雞屎果樹。我從沒當一回事，籽可是精華欸。啃著過甜的牛奶芭樂，我想死了紅心雞屎果。每一顆芭樂都有它紅豔的暗影。

諸如此類。總是在生活中層層疊疊，透過它們看到過去，為每一件事物刷上歲月痕影。十九年的半島生活，正好是我現在年齡的前半生。好在我夠幸運，一路賴活到現在，有足夠的時間把從前仔細看一回。我深信前十九年的重量無法衡量，即使把第三個第四個十九年加起來，天秤仍然會斜斜傾向那前三分之一，或四分之一段。所以，有什麼要緊呢？無家可回也無所謂，就回去看人吧。

從前我不明白這道理。回到油棕園的家老為找不到東西而沮喪。為了找指甲剪或相簿翻箱倒篋，搏命讀書考得的文憑遍尋不得，那抽屜裡只有小弟的參考書。物品的收藏位置總是在改變，每次回來都不同。我開始忘記清晨的陽光最先落到家的哪個角落，最早眷顧院子哪一棵樹。新來的貓狗跟我不熟，老狗老貓的墳在什麼地方我不曉得。

早晚都要改變的。我逐漸明白，並且慢慢接受了事實。

只有一事可惜了。從國小到大二的日記在幾次搬家中丟得七零八落，剩下那麼三、四本收錄著高中到大學的生活碎片。一年的某幾個月，斷斷續續，好像故意留下線索讓我寫回憶錄。這些青春祕笈成了青春孤本，重看就是白頭宮女的心情，因此沒勇氣打開來細讀，翻兩翻就收起。對於青春的遺物，除了憑弔，還能多說什麼？

這張照片我保存兩個不同的版本。前面斑駁那張，是從一堆準備遺棄的舊照片拯救回來的，保留了蠹魚的齒痕。這張清晰的，是父母親收在家族照相本裡的。

當年我的名字叫「儀」雯，象徵大人希望我乖巧聽話。後來我嫌筆畫太多，改成音同的「怡」，同時紀念出生之地怡保。反正身分證上只有馬來名，不影響。

鍾怡雯作品集 07

野半島

著者　鍾怡雯
責任編輯　蔡佩錦
創辦人　蔡文甫
發行人　蔡澤玉
出版發行　九歌出版社有限公司
臺北市105八德路3段12巷57弄40號
電話／02-25776564・傳真／02-25789205
郵政劃撥／0112295-1
九歌文學網　www.chiuko.com.tw
印刷　晨捷印製股份有限公司
法律顧問　龍躍天律師・蕭雄淋律師・董安丹律師
初版　2014（民國103）年9月
（本書曾於 2007 年 7 月由聯合文學出版社印行）
定價　260元

書號　0110507
ISBN　978-957-444-956-9
（缺頁、破損或裝訂錯誤，請寄回本公司更換）

國家圖書館出版品預行編目資料

野半島 / 鍾怡雯著. – 初版. --
臺北市：九歌, 民103.09

232面 ; 14.8×21公分. -- (鍾怡雯作品集 ; 7)

ISBN 978-957-444-956-9(平裝)

855 103013182